2
關於我靠前世所學讓
底層職業的馴魔師大翻身這檔事
The Useless Tamer
Will Turn into the Top Unconsciously
by My Previous Life Knowledge.

CONTENTS

第1話◆獎賞

「呼~終於結束了。」

我回收著露娜哥雷姆的屍體，同時深深嘆了一口氣。

自從上次組臨時小隊達成討伐海克力斯的委託（當時到最後是我用現金補貼了假設變賣海克力斯屍體的預估金額）之後，到今天過了大約兩個月。

我總算把之前再度從月亮帶回來的露娜金屬全部變換成了上露娜金屬。

這兩個月來，我幾乎把所有時間都花在精煉上露娜金屬。

然而這並不表示我已經不管朱雀的事情了。

說到底，朱雀是個在湊齊可靠的部下之前絕不讓人知道自己行蹤的邪神。

既然上次沒能從薩魁爾口中問出朱雀的下落，在理論上我方就不可能把朱雀找出來了。

這樣的狀況下，我們能做的事情就只有一個。

那就是準備足夠的戰力，好在朱雀帶著強大的手下展開行動的時候，能夠正面將他們擊敗。

為了達到這個目的，必須盡可能有效率地提升我方戰力……而那個方法大致上分成三種。

第一種是「增加從魔的數量並讓牠們覺醒進化，從數量上強化戰力」的方法。

第二種是「培育其他的馴魔師，讓兩人以上擁有覺醒從魔的馴魔師組成小隊」的方法。

然後第三種就是「讓我自己本身以及高卡薩斯變得更強」的方法。

這樣看起來，前兩種選項乍看下似乎是較有效率的方法。

艾莉亞小姐的妹妹——我記得名字好像叫菲娜。

畢竟上次我們把海克力斯讓給她了。

若只論時機，這或許可以說是開始著手培育後進的好機會。

然而這當中其實有個陷阱。

那就是靠我和高卡薩斯牠們現在的戰力不可能湊齊所有覺醒進化素材。

而既然現在的高卡薩斯戰力不足，便意味著這星球上的所有人都戰力不足。

換言之，沒有任何人能夠討伐可以變成覺醒進化素材的魔物。

然後我從前世留下來的覺醒進化素材就只有給高卡薩斯用的那一份。

簡單來說，第一和第二個選項打從一開始就不存在了。

因此根據消去法，我們現在的目標定在「讓我自己本身以及高卡薩斯變得更強」這個方法上。

至於達成這個目標的關鍵，就是阿提米絲的「獎賞」。

當初我幫助了阿提米絲的時候，她授予我「神通力」這個人類基本上不可能獲得的特殊能力。

因此搞不好下一個「獎賞」也是像這種強化類型的報酬。

我決定把機會賭在這點上。

既然不曉得朱雀何時會展開行動，就沒辦法太悠哉。

於是乎，我除了要確認朱雀有無動靜時會回到地表上之外，其他時間一直都窩在精銳學院附屬迷宮的第四十三層。

『話說……明明帶了那麼多露娜金屬回來，倒是挺快就全部精煉完啦。』

『是啊。這都要感謝基石哥雷姆在變異之後還會繼續吃那麼多。』

對於高卡薩斯不經意說出的感想，我如此回應。

……沒錯。

其實基石哥雷姆……在變異為露娜哥雷姆之後還會繼續吃露娜金屬礦石，甚至到變異需要量的二十倍左右。

在露娜金屬的精煉上最花時間的部分，就是等待基石哥雷姆重生。

但既然一隻基石哥雷姆的露娜金屬攝食量變成二十倍，就等於精煉一定量的上露娜金屬所需的重生等待時間縮短為二十分之一的意思。

這意味著作業效率本身提升了約二十倍。

多虧如此，我們現在把所有的露娜金屬都變換成了上露娜金屬。這個量足足是以前第一次來到這個階層時，五天內生產量的兩百倍左右。

『那麼，我們回地上去吧。』

我利用這兩個月來天天不斷成長的神通力一次跳三層，回到地表上。

而且一回到地上就很不幸地又遇上了那個討厭的首席，所以我再追加轉移了一次。

接著從收納魔法拿出筋斗雲……為了前往月球而朝那座紅色的湖出發。

◇

『嗨，瓦里烏斯。好久不見。』

『是啊。』

離開精銳學院附屬迷宮後，大約過了一個禮拜。

我們抵達了月球。

『這就是說好的上露娜金屬。』

我說著，從收納魔法中把上露娜金屬全部拿出來。

『這樣夠嗎？』

『嗯，有這麼多上露娜金屬……暫時足夠了。』

聽到阿提米絲的回答，我稍微鬆了一口氣。

畢竟我根本沒辦法分辨露娜金屬跟上露娜金屬的差別。

萬一變異後的露娜哥雷姆吃下去的露娜金屬，並沒有確實變換成上露娜金屬該怎麼辦……我其實心中一直抱著這樣的擔憂。

還好那只是我白擔心一場而已。

阿提米絲現在變回了弓的樣貌，靜靜躺在我堆成一座山的上露娜金屬上面。

我想此刻她所謂「神通力的質」正在產生變化吧。

阿提米絲說過的「獎賞」究竟是什麼樣的內容。

我實在期待不已呢。

第2話◆超越期待

『準備完成了。』

一段時間後……阿提米絲變成少女的模樣，這麼告訴我。

『神通力的質感覺也產生了足夠的變化。我就按照約定，給你獎賞吧。』

大概是為了提起幹勁……阿提米絲「啪嘰啪嘰」地折響幾次指關節。

『所謂的獎賞究竟是什麼樣的東西啊？像上次一樣又分力量給我嗎？』

我首先問了一下自己最在意的部分。

結果……

『不，不是那樣。或許在某種意義上「分力量」這點是沒錯……不過這次的對象是你的從魔。』

阿提米絲指向高卡薩斯如此說道。

『也就是說……高卡薩斯也能獲得神通力的意思嗎？』

『不，那也不對。我這次……是要讓你的從魔覺醒進化。』

聽到她這麼說……我不禁感到失望。

畢竟高卡薩斯早就已經覺醒進化過了。

如果那就是所謂『獎賞』的內容……那實質上等於根本沒有獎賞的意思。

也就是說，我至今精煉上露娜金屬的行動完全是白費力氣嗎？

不，還是說……能不能請阿提米絲把覺醒進化的對象從高卡薩斯改成巴力西卜呢？

由於巴力西卜嚴格來講並不是我的從魔，所以我不清楚在原理上是否能做到這種事……但如果可以，這也姑且算是增加了強大的夥伴。

就在我想著這些事情的時候……阿提米絲輕輕拍了拍我的肩膀。

『哎呀，別露出那種表情嘛。你八成是覺得我施予的覺醒進化跟麒麟施予的覺醒進化會重複而沒有意義對吧？用不著擔心。兩種覺醒進化其實可以發揮加乘效果的喔。』

阿提米絲這段發言讓我的心臟差點跳了出來。

意思是說……在原本的覺醒進化之上，會進一步加乘另一個覺醒進化的強化效果嗎？

若真如此，那可說是讓我方獲得了超越期待……或者應該說完全超出預想的壓倒性戰力呢。

『……是那樣嗎？』

『沒錯。因為強化效果和麒麟的覺醒進化大致相近，所以我才用了那樣的表現方式。不過……我要施予的強化在機制上跟麒麟完全不一樣。我想想喔……就取名為「重覺醒進化」如何？』

重覺醒進化，是嗎？

對於壓倒性的強化真是合適的名稱。

我壓抑著想要興奮跑跳的衝動並回應：

『了解。那就拜託妳了。』

於是阿提米絲走向高卡薩斯，朝牠伸出手。

緊接著，高卡薩斯被光芒包覆。

那道光隨後以我熟悉的感覺變化為七種顏色……最終收斂消失。

嗯，就視覺上看起來，完全跟覺醒進化一樣。

至於實際效果如何……直接聽聽看高卡薩斯怎麼說吧。

『高卡薩斯，你感覺如何？』

『哦哦……太棒了！這種彷彿力量無限湧出的感覺……真是懷念啊。』

懷念，是嗎？

也就是說，應該真的有種跟覺醒進化同等的力量加成到牠身上了。

這下讓人不禁期待今後的發展……不過在高興之前，有件事情要先問一下。

『你身體沒有感受到什麼異常吧？』

『嗯，什麼問題都沒有。』

覺醒進化後再次覺醒進化。

畢竟是前所未聞的強化方法，讓我本來有點擔心會不會對身體造成什麼負擔……

不過看來是我杞人憂天了。

很好。

這下我可以毫無憂慮地為這個狀況感到高興啦。

正當我這麼想的時候……阿提米絲竟講出這樣一句話：

『那麼接下來換那邊的從魔囉。』

她說著，這次指向巴力西卜。

……嗯？

怎麼覺得話題好像很自然地接下去了……但這該不會是說，她連巴力西卜都會幫忙覺醒進化嗎？

如果她做到這地步，我比起感激更會感到不太好意思呢。

然而……若要讓巴力西卜覺醒進化，其實有一個問題。

『……等一下。妳願意讓巴力西卜一起覺醒進化我是很高興啦……但其實牠並不是我的從魔喔。這樣也沒關係嗎？』

拿原本的覺醒進化方式來說……能夠設定為進化對象的只有自己的從魔。因此正常來想，不是我從魔的巴力西卜應該沒有辦法覺醒進化才對。

『……是這樣嗎？或許麒麟的覺醒進化有那樣的規則，但我覺得我應該可以辦得到才對……』

然而……

相對於我的擔心，阿提米絲倒是露出感到奇怪的表情這麼回應。

確實啦，畢竟阿提米絲也說明過，她的覺醒進化和本來的覺醒進化是完全不同的手法。

因此或許值得一試。

『那姑且試試看吧。如果真的成功就當作是賺到了。』

我如此回應後……阿提米絲走向巴力西卜，並蹲下身子朝牠伸出手。

緊接著，巴力西卜被光芒包覆。

那道光就跟剛才一樣變化為七種顏色……最終收斂消失。

嗯，到這邊看起來都一樣。

也就是說……難道成功了？

『巴力西卜，你現在感覺如何？』

『……呃、呃、呃、這是什麼？這是什麼！總覺得現在的我真的超～強的！』

……真的假的？好厲害。

這下真的是讓我賺到啦。

『謝謝妳，阿提米絲。看來似乎成功了。』

『我就說吧？根本沒什麼好擔心的。』

阿提米絲豎起大拇指如此回應。

接著……她又繼續說道：

『然後……如果你方便，今後可不可以繼續幫我生產上露娜金屬呢？因為上露娜金屬的量越多，神通力的質就會越好。神通力的質越好，我就有餘力構築更加舒適的生活環境了。當然，我不會勉強你啦……』

『沒問題。只不過……我接下來會稍微變得比較忙，可能沒辦法像這次這麼快喔。』

畢竟她為我做了這麼多。

我本身也很希望能夠回報她這份恩情。

然而……現在是朱雀何時展開行動都不奇怪的狀況。

這次的強化讓我們變得有能力收集覺醒進化素材了，因此我也想要把時間分到那方面的作業上，專心準備對付朱雀的對策。

所以……雖然很不好意思，但精煉上露娜金屬的優先順序現在稍微比較低啊。

『沒關係，反正我的壽命比較長，你慢慢來就好。今後也繼續拜託你囉。』

值得慶幸的是，阿提米絲對於這點似乎並不在意的樣子。

的確，只要別再有彗星衝撞月球，阿提米絲的壽命幾乎等於是永久的。

那就慢慢精製吧。

我發動收納魔法，收進跟上次大約同樣分量的露娜金屬礦石。

『那就再會囉。』

『嗯，隨時歡迎你聯絡我喔。』

如此道別後……回過神時，我們已經被阿提米絲的力量轉送到金箍棒的頂端了。

◇

一回到地表，巴力西卜就講出了這樣一句話：

『吶……只要一下下就好，稍微一下下就好，能不能讓我自己去打個獵？我實在忍不住想試試看這個新的力量啊……』

牠看起來一副想要快點出發的樣子。

『……也好。畢竟那種心情我可以理解……瓦里烏斯，沒問題吧？』

對於那樣的巴力西卜，高卡薩斯提出許可的同時……也向我如此確認。

『只要高卡薩斯覺得可以就沒問題啦。』

巴力西卜終究是高卡薩斯的搭檔，我覺得其實並沒有徵求我同意的必要。

我抱著這樣的想法，這麼回應。

……啊，但是有一點要先講好才行。

『不過我們會先坐筋斗雲回去喔。所以……你要回來的時候，就在回程路上跟我們會合吧。』

畢竟再怎麼說，我也不想要在這種充滿劇毒的湖泊附近長時間等待。

『ＯＫ～！』

巴力西卜回應後……便飛快離去。

◇

過了一天。

當我在回程的筋斗雲上睡午覺的時候……巴力西卜終於回來了。

而且……還抱著一隻怎麼想都跟牠的體型不搭的巨大獵物。

『怎樣！我獵了一隻雙足飛龍回來啦！』

牠看起來一副自信滿滿的樣子。

『唔……居然比我四年前剛成為瓦里烏斯的從魔時獵到的傢伙還大了一圈……』

相對地……高卡薩斯倒是有點不甘心地這麼回應了。

第3話◆新力量的使用感

巴力西卜獵到雙足飛龍回來後，又過了一天……我們再度來到精銳學院的附屬迷宮。

話雖如此，不過這次並不是來精製上露娜金屬的。

我們這次是為了攻略到精銳學院附屬迷宮的最下層，討伐這座迷宮的頭目。

之所以會想這麼做……是因為所謂的迷宮頭目正是覺醒進化素材的代表性原料之一。

我們過去一直由於戰力不足而放棄討伐迷宮頭目……不過現在高卡薩斯和巴力西卜都強化到無可挑剔的程度，解決了戰力上的問題。

現在的我們就能夠收集覺醒進化素材了。

換言之，為了將來與朱雀的對戰做準備，如果我們現在可以用更合理的方式增強戰力，就沒有理由不付諸實行。

既然藍鳳凰會出現在第八十一層……代表精銳學院附屬迷宮恐怕是屬於較淺類型

的迷宮。

以我轉生後第一次討伐頭目的迷宮來說，應該算是不錯的選擇。

如此決定後，我首先前往迷宮入口旁的房子準備辦理登錄成績的手續……但又立刻打消念頭。

因為很不巧地，那位非常麻煩的二年級首席正準備要進入那棟建築物。

反正我之前已經留下了充分足夠獲得最高成績的討伐記錄。

與其要跟那個人碰到面，我想這次就放棄登錄成績，跳過借用成長紀錄裝置的手續吧。

於是乎……我們直接進入迷宮了。

◇

『然後呢……實際戰鬥起來的感想如何？』

就在來到第八十一層的時候，我這麼詢問高卡薩斯。

『現在對我來說，這種程度的對手打起來根本一點都沒感覺。一直和這種貨色打，只會讓我越來越焦躁啊。』

『一點都沒錯。話說根本就輪不到我上場嘛。』

對於高卡薩斯的抱怨，巴力西卜也從旁附和。

……哎呀，我想也是。

或者應該說，如果不是這樣我反而會傷腦筋呢。

『那我們就往更深處攻略吧。姑且……先往下降十層可以嗎？』

『好。』

『那種程度輕輕鬆鬆啦。』

就這樣，我發動三次空間轉移……來到第九十一層。

順道一提，多虧之前精製上露娜金屬的過程中我們打倒了大量的露娜哥雷姆，如今我的神通力已經強化到能夠一次跳過四層的高度了。

我們在第九十一層稍微走了一下，忽然從轉角處出現一隻魔物。

高卡薩斯立刻從牠的角放出劈斬魔法……瞬間讓那隻魔物斃命了。

『……這次感覺如何？』

雖然結果一目了然……我還是姑且問了一下。

『跟剛才沒什麼差。』

結果得到的回應一如我的預想。

既然這樣……就再轉移十層吧。

於是我們轉移一次，來到第九十五層。

轉移第二次，來到第九十九層。

然後第三次只跳過一層，到第一〇一層……咦？

為了轉移到第一〇一層，我先發動了千里眼……但不知為何，無論我想轉移到什麼地方，都會埋在牆壁中。

我本來以為是迷宮地面的厚度跟我推估的不一樣，因此試著稍微上下移動視點……然而狀況始終沒有改變。

這太奇怪了。

正當我這麼認為的時候……想到了另一個可能性。

該不會……這座迷宮最深就只有到一百層而已？

我如此猜想，並且用千里眼確認第一百層的樣子。

結果……沒多久我便發現了一道門。

……不會錯。

那就是迷宮頭目房間前的門。

這座迷宮果然只有到一百層而已。

『高卡薩斯，巴力西卜，下一層就是迷宮頭目的階層。你們準備好了嗎？』

我姑且如此告訴牠們兩隻。

『那當然。』

『別說那麼多了，快走吧～』

聽到牠們這樣幹勁十足的回應……我發動空間轉移到第一百層後，打開迷宮頭目房間的門。

門一打開……在裡面等待著我們的是炎巨人——史爾特爾。

史爾特爾注意到我們便立刻咆哮，讓身上的火焰激烈燃燒起來。

「吼喔喔喔喔喔喔喔喔！」

『那我先上囉～』

見到那模樣……巴力西卜悠悠哉哉地接近史爾特爾。

牠接著發動魔法後，史爾特爾身上的火焰忽然變成了綠色。

同時，史爾特爾開始難受掙扎起來。

透過強毒元素引發焰色反應的攻擊招式，確實對於身上包覆火焰的魔物有立竿見影的效果……然而選擇適切的毒物極為困難，應該是相當高難度的攻擊手法才對。

但現在卻能易如反掌地辦到這點……真不愧是擅長用毒的巴力西卜。

正當我如此感到佩服的時候，這次換成高卡薩斯行動了。

牠一發動魔法……史爾特爾身上的火焰就變得更加深綠，燃燒得更加激烈。

通常對付身上包覆火焰的敵人時，應該使用的是凍結魔法。

然而當對方因為適切的強毒而引發焰色反應的狀況下，就要另當別論了。

為了加大毒物造成的傷害，有時候透過火焰促進活性反而會比較有效果。

高卡薩斯就是預料到這點，臨機應變選擇了攻擊手段。

牠們這番聯手攻擊實在出色。

接下來只要慢慢等，史爾特爾應該就會斃命了。

於是我隨地坐下……沒多久後，史爾特爾身上的火焰就熄滅，「轟！」一聲倒了下去。

討伐完成啦。

……對了。

我就在這裡直接把牠換成覺醒進化素材吧。

如此決定後，我詠唱起例行的魔法。

「麒麟啊，現身我眼前……進行一場互惠互利的交易吧。」

……好久沒有為了這個目的叫出麒麟了呢。

『汝所求之物，是覺醒進化素材，還是增味劑？』

『是覺醒進化素材。』

對於麒麟的詢問，我如此回答。

『原來如此。那麼……把想要交換成素材的東西放到這裡。』

麒麟指了一下地面。

於是我把史爾特爾的屍體放到那地方。

『……就是這個嗎？』

『沒錯。』

我這麼回應後……麒麟朝史爾特爾吹起氣來。

過了幾秒，史爾特爾開始發光……逐漸改變形狀。

變化結束後——地面上就只剩下覺醒進化必要的素材。

『……還有其他的嗎？』

『不，現在就只有這個。』

『這樣。那麼……告辭。』

麒麟留下這句話後，伴隨一道光芒消失了。

我接著走近留在地上的覺醒進化素材，從各種角度仔細觀察。

「……是【設計圖】啊。」

看到覺醒進化素材表面上某一處的紋路，我如此呢喃。

覺醒進化素材共分成【設計圖】、【組合】、【潤滑】、【動力】、【結構】、【控制】六種屬性，而如果要覺醒進化，就需要這六種屬性各一個素材。

換句話說，我接下來還必須收集【設計圖】以外五種屬性的覺醒進化素材。

這樣聽起來或許會覺得只要留在這裡等史爾特爾重生，再打倒五隻跟麒麟交換素材就可以了……但其實並沒有那麼單純。

因為同一種類的魔物只能交換成同一種屬性的素材。

也就是說，不管我們打倒多少隻史爾特爾，都只能得到【設計圖】的素材而已。

在精銳學院附屬迷宮除了頭目之外，沒有其他可以交換成覺醒進化素材的魔物……因此必然地，我要去其他迷宮尋找目標才行。

不過……為了這個目的把世界上的迷宮找到一座就攻略一座，再怎麼說都是很沒效率的做法。

在這裡重要的，是除了攻略迷宮以外收集覺醒進化素材的方法。

首先將可以交換成覺醒進化素材的魔物整理一下……原則上可以分成「迷宮頭目」與「棲息在地表上與迷宮頭目同種的魔物」兩種。

也就是說，如果要尋找可以進行交換的魔物，就必須攻略迷宮最深層或是在地表上找到同種的魔物。

這樣聽起來也許會覺得攻略迷宮頭目比較確實……然而地表上其實存在有幾處生態系中，包含許多「與迷宮頭目同種魔物」的島嶼或大陸。

而在我前世……一般的做法都是到那種強大魔物密集的島嶼或大陸，收集覺醒進化素材。

因為這樣在同一個地方找到多種覺醒進化素材的可能性比較高，以收集目的來說比起攻略好幾座迷宮來得更有效率。

像那樣的場所，多半會被稱為「千兩大陸」或「千兩島」。

當然，我同樣也是以「千兩大陸」或「千兩島」為中心，收集覺醒進化素材會比較有效率。

這次是因為要收集的是第一個屬性，而且迷宮也比較淺，所以我才會到精銳學院附屬迷宮來……不過剩下的五種屬性，我希望能夠到那樣的島嶼上收集。

既然如此……下一個目的地就是冒險者公會了。

畢竟我需要先問問看在這星球上相當於「千兩大陸」或「千兩島」的場所在哪裡。

『高卡薩斯，巴力西卜，差不多要出發囉。』

為了前往冒險者公會……我們利用空間轉移開始在迷宮中往上爬了。

◇

「妳好。」

「唉呦，這不是瓦里烏斯先生嗎！請問今天要來辦什麼呢？又要接B級的委託嗎？」

我來到公會尋求諮詢……結果櫃檯小姐很開朗地對我如此問道。

大概是因為我排到『其他手續』的櫃檯，所以對方以為我又想要組臨時小隊了吧。

「不，我今天並不是來承接委託的。我想請教一下關於某個場所的事情。」

「某個場所，是嗎？」

「是的。例如說……請問哪裡有島上密集存在各種強大魔物的島嶼呢？」

我向櫃檯小姐一邊具體舉例魔物的名稱，一邊詳細說明「千兩島」的特徵。

結果……不曉得為什麼……

櫃檯小姐的表情變得越來越嚴肅了。

那樣的她接著對我詢問：

「瓦里烏斯先生您該不會……是打算前往那座島吧？」

「……呃，那不是當然的嗎？那裡有我想找的東西啊。」

聽到我這麼說……櫃檯小姐頓時發出激動的聲音：

「……請問您是在說什麼傻話！哪裡不好去，居然偏偏要去那個『自盡島』！」

……喂喂喂，我才想問這是在開什麼玩笑呢。

竟然把那種宛如隨處是寶物的場所取名叫什麼「自盡島」，聽起來也太恐怖了吧？

這樣反而讓我覺得「千兩島」有夠可憐的。

……哎呀，不過抱怨這種事情也沒有意義。

入境隨俗。

既然在這裡是那樣稱呼，我就問問看那座「自盡島」的位置吧。

「呃……請問可以告訴我『自盡島』在哪裡嗎？」

我如此詢問後……櫃檯小姐深呼吸好幾次，才開口說道：

「仔細想想，畢竟瓦里烏斯先生是個會若無其事就拿出藍鳳凰的人物……搞不好就算到那座『自盡島』也能活著回來吧。但是……根據公會規則，我不能告訴現在的瓦里烏斯先生。」

……不能告訴現在的我？

那是什麼意思？

「為什麼現在的我不行呢？」

「因為公會的方針上，前往自盡島的方法只能告訴A級以上的冒險者。雖然說就算是A級冒險者，從島上的生還率也不到一成就是了。」

……原來如此，只是我等級不足啊。

既然說是A級以上，就算考慮再組一次臨時小隊，我最低也必須是B級才行。

也就是說還要再升一級。

那就來升等吧。

雖然說，畢竟我有筋斗雲跟千里眼，因此就算不靠公會也可以透過地毯式搜尋的方式找出來……然而用那種方式能否早點發現那座島相當看運氣。

與其那樣，不如早早累積自己的成果還比較好。

「我明白了。那麼我先離開一下。」

留下這句話後……我走向委託布告欄。

「……還有這個……最後接這個吧。」

我大致看過布告欄後……拿著十幾張委託單回到櫃檯排隊。

挑選棲息地區較類似的魔物討伐委託，把勉強可以在今天之內達成的數量一口氣承接。

這就是我為了以最快的速度升等所想到的方法。

由於現在時間已經快到中午，應該沒什麼冒險者接下來才來承接委託。

因此就算我做出這樣大膽的行為也不至於給別人添麻煩。

「我要承接這些委託。」

我把一整疊的委託單放到『接案／達成報告・素材收購』的櫃檯上。

「……呃，這麼多嗎？」

櫃檯小姐瞪大眼睛如此詢問。

「是的。」

「如果是瓦里烏斯先生，確實讓人覺得就算真的辦到也不奇怪啦……不過要是有委託沒能在期限內達成，我們會請您繳付違約金喔？」

「沒問題。」

面對一臉擔心的櫃檯小姐，我用認真的語氣如此回應。

反正我拿這些委託單本來就是預計在一天內達成。

再怎麼說，應該都不會發生沒能在期限內完成的狀況才對。

就算真的遇上什麼陰錯陽差讓我必須繳付違約金，我也還有當初賣掉露娜金屬礦石獲得的充沛資金。

要是過度擔心意外狀況而降低升等效率，根本愚蠢至極。

「既然您這麼說了……」

或許是感受到我認真的態度，櫃檯小姐雖然表情看起來勉勉強強，但依然開始幫我處理接案了。

「期限最近的委託剩下天數只有三天，請您要注意喔。」

她指著一張委託單對我如此說道。

……三天嗎？

那麼不管怎樣應該都不會失敗吧。

就在我這麼想的時候，手續辦理完成了。於是我聽完關於委託地點的說明後，便離開公會。

◇

『那就拜託你們囉。』

向高卡薩斯與巴力西卜說明完這次承接的委託內容後，我便如此說著並走向跟牠們不同的方向。

關於這次的魔物討伐，我打算把實際的戰鬥全面交給高卡薩斯牠們負責。

至於理由，是因為這樣做最有效率。

當必須打倒的敵人種類與數量變多的時候，如果要有效率地討伐，就必須有個人專心負責當指揮塔的工作。

那麼誰來當指揮塔比較適任呢？不用說，當然就是擁有千里眼的我了。

我利用千里眼找出討伐對象，然後透過精神感應向高卡薩斯與巴力西卜引導方向。

這就是最快的捷徑了。

而在這樣的分工下，我甚至沒有必要前往委託現場。

無論千里眼或馴魔師的精神感應魔法，在這種程度的活動範圍中，距離限制都是有跟沒有一樣。

因此我讓高卡薩斯與巴力西卜前往討伐現場，自己則是只需要向牠們下達指示，同時可以去做跟討伐完全沒有關係的事情。

當然，如果分頭行動做的事情需要專注力，搞不好會影響到指揮塔的工作……不過既然如此，只要安排不太需要專注力的事情就行了。

於是乎，我打算今天要再去一次之前那間鐵匠鋪。

因為我想說要再多準備幾把露娜金屬製的劍當成備用。

畢竟露娜金屬製的劍是讓四神完全消滅用的關鍵道具，備用當然是越多越好。

雖然說，現在收納魔法裡的那些露娜金屬礦石本來是為了當成煉製上露娜金屬的原料帶回來的……不過反正阿提米絲和麒麟的感情似乎不錯，就算拿一些露娜金屬礦石消費在別的用途上，她應該也不會太計較吧。

我想著這樣的事情，並走向鐵匠鋪。

◇

「不好意思。」

「唔，有何貴——哦！你不就是訂製露娜金屬劍的那個人嗎！」

我走進鐵匠鋪後，鐵匠一開始冷淡的口氣忽然變得驚訝起來，如此說道。

「露娜金屬製的劍用起來如何？」

「很不錯喔。後來又變得越來越鋒利了。」

「……啥？」

聽到我的回答，鐵匠頓時愣住。

……哎呀，我想也是。

畢竟我所謂的越來越鋒利，嚴格上來講是因為我對神通力的熟練度提升的緣故。

但這種事情又沒辦法簡單向人說明，因此對方會有這種反應也是正常的。

就在我這麼想的時候，鐵匠再度開口說道：

「老子從沒聽過劍居然會越用越鋒利啊……話說回來，你今天來是有什麼事？照你這樣說，應該不是來修劍的吧。」

「我這次來是想要請你幫我製作備用的露娜金屬劍。」

如此回答後，我從收納魔法拿出估計相當於三把劍分量的露娜金屬礦石。

就算備用的劍是越多越好，我還是希望至少能在出發前往自盡島之前拿到完成品。

這樣考慮起來，訂製三把應該是妥當的數量吧……

「我想拜託你幫我做三把，大概需要幾天的時間？」

「讓老子想想……畢竟技術已經開發出來了，這次三把合起來應該十天左右能夠完成。可以接受嗎？」

「那就麻煩你了。」

果然一如我的估算。

於是我二話不說地接受了。

至於試劍……等來取劍的時候，請鐵匠讓我試一下就可以了吧。

『那麼今天我要去鐵匠鋪，就再拜託你們囉。』

在鐵匠鋪訂製露娜金屬劍之後過了十天的早上。

我如此告訴高卡薩斯與巴力西卜，並跟牠們走向不同的路。

『了解。』

『我要去打個痛快！』

牠們兩隻很有精神地回應後，朝今天的委託地點飛去。

這十天來，我每天都只是和高卡薩斯牠們一起處理著承接的委託。

雖然我的確可以跟牠們分頭行動沒錯，但是我會想要跟牠們分頭去做的事情頂多就是去鐵匠鋪而已。

而且精銳學院的期末考也快到了，所以我這幾天都待在筋斗雲上，隨意翻著自製的單字本。

當然，我還是有盡到身為指揮塔應盡的工作。

我除此之外的貢獻，大概頂多就是把牠們兩隻打倒的魔物收進收納魔法而已吧。

雖然那樣也只是稍微節省了一丁點時間而已。

討伐行動進行得非常順利，我承接的委託都能夠在當天全部消化完畢。

多虧如此，這十天來我們達成的委託數量多達一百七十件以上。

只要今天接的委託全數達成……在成果方面，我就能達到晉升B級的條件了。

露娜金屬製的劍也是今天會完成。

看來我當初只訂製三把是正確的選擇。

就在我想著這些事情的時候……可以看到鐵匠鋪的房子了。

那麼，就去領劍吧。

◇

「不好意思。」

「哦，你來了。劍已經打好啦。」

我走進鐵匠鋪，鐵匠就這麼說著並走進深處的房間拿劍。

光看到我的臉就如此接待啊。

明明才訂製過兩次東西而已，我受到的待遇就已經跟熟客一樣了。

正當我抱著這樣的感想時，鐵匠拿著三把劍走了回來。

「就是這些。完成度應該跟上次一樣才對……但畢竟是露娜金屬製的劍，老子根本沒辦法確認鋒利程度。你要再試劍看看嗎？」

他把劍交給我的同時，向我提議到試劍房去。

這下省得我拜託他了，真是感激不盡。

於是我打開鐵匠幫我開鎖的門，走進試劍房中。

「現在你再去砍什麼稻草束也沒啥意義吧。老子幫你準備了各種東西在那邊，隨你高興拿去用啦。」

一進入房間，鐵匠就指著推在房間角落的金屬鑄塊對我這麼說道。

仔細一看……那裡不只是祕銀，連亞德曼金屬的鑄塊都有。

……真的假的？

亞德曼金屬的硬度完全不是祕銀可比的程度……即便我現在對神通力的熟練度有所提升，究竟是否達到能切開這玩意的等級，我還有點存疑。

不過也正因為如此，才有試劍的價值。

於是我第一個就拿起了亞德曼金屬的鑄塊。

結果從房間門口傳來鐵匠的聲音：

「喂喂喂，你認真的？老子是因為聽你說什麼劍變得越來越鋒利，才當作開個玩笑準備了那玩意啊……」

不曉得是不是我想太多，總覺得他的聲音好像有點在發抖的樣子。

算了，別太在意吧。

假使我沒能切開亞德曼金屬，到時候再拿祕銀來試劍就行了。

如果變成那樣，我只要根據切割時的手感也能判斷劍的鋒利程度提升多少。

我如此想著，並握起一把露娜金屬製的劍，注入神通力。

……神通力注入的順暢度，跟上次那把劍差不多。

像這樣確認著使用手感的同時，我把左手微握成貓掌的形狀扶住亞德曼金屬的鑄塊，並且將露娜金屬製的劍抵在鑄塊上。

結果……

亞德曼金屬的鑄塊……感覺就像切白蘿蔔一樣，讓劍刃切入其中。

……回想起來，上次在這裡用祕銀的鑄塊試劍的時候，手感也是跟切白蘿蔔一樣。

這次又是白蘿蔔啊。

每次都像白蘿蔔呢。

在感動之中，我想著這樣的事情……不知不覺間已經把亞德曼金屬的鑄塊完全一刀兩斷了。

「居然到這種程度……你究竟是何方神聖啊……」

我轉回頭，看到鐵匠張大著嘴巴，用呆滯的表情如此呢喃。

……看來我得到了鐵匠預期以上的結果。

在這點上我感到鬆了一口氣的同時，也試著把神通力注入另外兩把劍。

這兩把劍也跟剛才用過的劍一樣很順暢地讓神通力流入其中，因此我判斷應該不需要再拿來試劍，而將三把劍都收進了收納魔法中。

剩下就是結帳啦。

於是我從收納魔法拿出三十萬佐魯，和鐵匠一起回到結帳櫃檯前。

在結帳過程中，鐵匠一直嘀嘀咕咕地呢喃著「話說，那鋒利程度究竟是……」之類的話，看起來有點恍神的樣子，不過一會之後還是順利完成付款的動作了。

我走出鐵匠鋪，用千里眼確認高卡薩斯與巴力西卜的狀況。

……似乎很順利的樣子。

照這樣看來，應該只要再兩個小時就能完成晉升B級所需的委託量。

我不禁對升等感到期待的同時，前往和高卡薩斯牠們會合了。

中午過後，將委託的魔物都討伐完畢的我們回到冒險者公會進行達成報告。

「我要來報告達成委託。」

我向櫃檯小姐表示後……

「唉呦，這不是瓦里烏斯先生嗎？您今天比較早呢。」

櫃檯小姐面帶笑容如此回應。

「畢竟我今天接的委託比較少嘛。」

我說著，從收納魔法拿出討伐證明部位，排列在櫃檯上。

畢竟我今天從晉升B級需要的委託達成數反過來推算，調整過承接的委託數。

之所以會比平常早回來就是這個原因。

「就算您說比較少，這個達成數量依然很莫名其妙就是了。是您到昨天為止的步調太過異常了呀！」

櫃檯小姐一邊回應，一邊很熟練地處理委託達成的手續。

「十天前我可是真的被嚇到了喔？我明明還在擔心您能不能趕上達成期限的，結果您何止是趕上期限，根本在當天內就把全部的委託都達成了。害我都不曉得究竟發生什麼事呢。」

櫃檯小姐臉上露出感到懷念的表情。

十天前……的確，當時櫃檯小姐慌張的模樣真的很誇張。

那時候公會的大人物還馬上從櫃檯深處的房間跑出來看狀況……但不知從何時開始大人物也不再跑出來，櫃檯小姐也變得只是很平常地處理我的報告了。

畢竟要是每次報告都引起騷動也很麻煩，所以現在這樣是比較好啦。

「公會證的處理完成了……啊！瓦里烏斯先生，恭喜您。加上今天的份，您已經達到晉升B級所需的委託達成數囉！」

櫃檯小姐笑容滿面地將公會證遞給我。

那是也當然的。

因為我就是算好那個數量承接委託的啊。

「那麼……我記得如果要升到B級，必須參加公會的測驗是不是？」

我從櫃檯小姐手中接過公會證的同時如此詢問。

在精銳學院的學生手冊中，有一頁寫到那樣的說明。

然後只要通過測驗應該就能升等了。

「啊，原來您知道這件事！是的，即便是瓦里烏斯先生，也必須請您接受測驗才行……」

櫃檯小姐說著，表情忽然變得難過起來。

……這講法讓人有點在意啊。

就在我如此感到奇怪的時候，櫃檯小姐竟然接著如此說道：

「因為要當您對手的測驗官太可憐了，所以我本來有去拜託看看能不能讓您免除測驗。結果那個測驗官簡直講不聽！居然還說什麼『足以免除測驗的傢伙，反而讓人期待』這種傻話……那個人最後會怎樣我都不管了。」

……什麼叫「測驗官太可憐」啦？

她到底是把我當成什麼了？

話說，公會規則並不是憑櫃檯小姐的個人意見就能隨便更改的吧？

以上，雖然有很多想吐槽的部分……不過對我來說，現在最重要的是何時能夠參加那個升等測驗，於是我試著問了一下。

「請問那個測驗的日程是什麼時候？」

「這個嘛……我去確認一下！」

櫃檯小姐說著，走進深處的房間。

根據公會規則，在委託成果方面達成升等條件之前，是不能預先向測驗官排定測驗日期的。

也就是說，原則上不能用「我○天後應該可以達成升等條件，所以請安排在那天進行測驗。」這種拜託方式。

因此在實際達成條件之前，不能事先詢問關於測驗的事情。

哎呀，畢竟像我這樣完全按照計畫累積成果的案例很稀少，所以在這點上也是沒辦法的事情吧。

我只能祈求可以盡早排上測驗官的行程有空的日子了。

就在我想著這種事情的時候，櫃檯小姐笑咪咪地走了回來。

「瓦里烏斯先生，真是太好了！關於升等測驗……由於今天剛好有別人也要進行測驗，所以測驗官說可以連同瓦里烏斯先生的測驗一起辦理喔！」

……真的假的？

那還真是運氣極佳啊。

「那就麻煩妳安排了。」

「好的……啊，雖然對瓦里烏斯先生或許沒有必要問這種事情，不過您才剛達成委託回來就馬上參加測驗真的沒問題嗎？需不需要調整身體狀況之類的……」

「沒有問題。」

對於櫃檯小姐的詢問，我立刻如此回答。

畢竟討伐工作我都是交給高卡薩斯和巴力西卜嘛。

根本沒有什麼調不調整身體狀況的問題。

「那麼測驗將在一個小時左右之後進行，請您先坐在那邊稍等一下。」

櫃檯小姐說著，指向公會等候室的椅子。

……今天還有其他受測者是吧。

既然如此……這次的測驗，我要盡可能以壓倒性的方式獲取合格才行。

在這個世界，據說即便是A級冒險者也幾乎沒什麼人願意積極到自盡島的樣子。

更不用說是從B級就想要踏足自盡島的人，應該根本不存在吧。

這也意味著臨時小隊的招募難度，將完全不是上次的狀況可比的程度。

然而只要我在這次的測驗中得出成果……說不定今天的其他受測者看到之後會表示，「如果是跟瓦里烏斯一起，要跟著去自盡島也沒問題」。

如此一來，原本預期將會很困難的臨時小隊招募應該會變得比較容易。

我只能賭賭看這個可能性了。

櫃檯小姐雖然叫我坐著等……不過反正測驗是一個小時後才開始，所以我到附近買個東西應該沒問題吧。

我如此想著，來到公會對面的一間雜貨店。

進入店內後，我依循懸掛在天花板的招牌尋找我想要的東西。

「呃～應該在這附近的架子上……找到了！」

找到東西的我拿起那個商品，走向結帳櫃檯。

「我要買這個，麻煩您。」

我說著，從收納魔法拿出零錢放到結帳臺上。

「漿糊和食用紅色素……真奇怪的組合。你要拿來做什麼？」

結帳櫃檯的老婆婆一邊計算找零一邊如此問我。

「我接下來要參加測驗……想說這個應該可以派上用場。」

「哦？我是不曉得這種東西究竟要怎麼用在測驗上啦，不過你要加油喔。」

老婆婆很親切地把找零交給我。

……好，開始準備吧。

我走出雜貨店後，用空間轉移移動到載著高卡薩斯牠們在公會上空待命的筋斗雲上，開始進行作業。

首先，我從收納魔法中取出相對價值比較低的素材，利用鍊金術師的魔法變質為硼砂。

在前世，馴魔師由於能夠憑藉自己龐大的魔力量使用所有職業的魔法，因此會把全部的魔法都學一遍。

所以我才連這種魔法都會使用。

接著把變質成的硼砂與食用紅色素一起丟進漿糊……不停攪拌。

一段時間後，那個混合物體變成像果凍一樣有彈性的狀態，於是我把它的形狀拉平，收進收納魔法中。

這樣一來，我的祕計就姑且準備完成了。

話雖如此，不過這招祕計是否真的能派上用場，還是要看升等測驗的內容而定就是了。

照剛才櫃檯小姐和我的對話內容來推測，測試內容應該是模擬戰之類的……但萬一這個預測猜錯，我做的這些就等於白費力氣了。

哎呀，反正只是我臨時想到而短時間做出來的東西。

就抱著「如果能派上用場應該會很有趣」這種程度的心情參加測驗吧。

我這麼想著，並且回到公會的等候室等待測驗開始。

◇

大約一個小時之後，櫃檯小姐來叫我了。於是我在她帶路下，跟在她的後面。

最後我們來到的地方，是個像戰鬥訓練場的場所。

據說這裡雖然平常會開放給人使用，但今天由於要進行測驗所以被包場下來的樣子。

「要先接受測驗的人已經在那裡了，請您也過去跟她們一起等測驗官過來。」

櫃檯小姐說著，指向站在訓練場上的兩名冒險者。

原來如此，那兩位就是今天要一起接受升等測驗的人。

那我稍微去打聲招呼……等等、喂。

她們根本是我的熟人嘛。

沒錯，沒想到「今天要一起接受升等測驗的人」，居然就是魔法師艾莉亞小姐和劍士梅希亞小姐。

這下我變得不需要執著於用引人注目的方式在測驗中獲勝啦。

畢竟那兩位已經很清楚我的實力了，如今也沒什麼東西好秀給她們看啊。

雖然說，在「邀請一同前往自盡島」這個目的上，她們總比初次見面的對象來得容易邀請，所以這樣其實也好啦。

等測驗結果出來後，我就試著跟她們提提看吧。

正當我想著這些事情時……一名身穿公會制服的男子走進訓練場。

他就是這次的測驗官嗎？

頭髮是紅色……代表職業適性是英雄。

如果對手是後衛類型職業的人，我只要用空間轉移就能一招擊敗的說……不過哎呀，反正這也不是我準備的作戰計畫無法通用的對手，我是不在意啦。

剛好就在我如此分析完的時候，測驗官開口說道：

「我叫伊弗路保．蒂艾，是負責這次B級升等測驗的測驗官。」

他如此自我介紹。

……蒂艾。

總覺得這姓氏好像在哪裡聽過……啊！

「這次的受測者有魔法師、劍士和……賢者嗎……既是賢者，而且這個年紀就要升B級，你是精銳生嗎？」

「是的。學校很有趣。」

測驗官忽然朝著我的方向詢問，害我一急之下這麼回應了。

由於他的姓氏讓我有種不好的預感，所以我才胡說了一下……但這該不會反而多嘴了吧？

「這樣啊，精銳學院很有趣是嗎？哎呀，既然是這個年紀要升B級，就應該要那樣啊。」

測驗官「嗯嗯」地點點頭如此表示。

看來沒有問題的樣子。

「現在開始說明測驗內容。測驗是採用模擬戰形式，跟我交手只要表現得不錯，就能順利升等。合格與否我會當場宣布。有其他問題嗎？」

「「沒有！」」

對於測驗官的詢問，我們三人都如此回答。

「那麼，魔法師先上！」

在測驗官的指示下，艾莉亞小姐踏上了比賽場地。

◇

後來過了大約五分鐘。

「劍士，合格。」

艾莉亞小姐與梅希亞小姐都順利升等，總算輪到我上場了。

那兩位都在兩分鐘左右輸給了測驗官……即便如此，但似乎還是達到了測驗官所要求的基準。

當然，我會抱著打贏對手的打算上場就是了。

「下一個，賢者，上來。」

「是。」

我從收納魔法拿出金箍棒後，走向比賽場地。

「喂喂喂……你難不成要跟我說那根棒子就是你的武器吧？」

測驗官見到我拿出金箍棒，頓時露出無奈的笑臉如此問我。

……這是家族性嗎？

蒂艾家的人該不會在遺傳等級上就具有瞧不起金箍棒的基因吧？

哎呀，照那個二年級首席的個性來看，可以猜想得到她肯定沒有把自己的敗因告訴家族的人啦。

就在我想著這些事情的時候，從背後傳來竊竊私語的聲音。

「居然以為那只是一根棒子……」

「講那種悠哉的話，是絕對打不贏瓦里烏斯先生的。」

看來艾莉亞小姐和梅希亞小姐對於測驗官的態度感到傻眼的樣子。

如果對手自己鬆懈大意當然最好，所以我是希望她們可以靜靜觀戰啦……不過她們的發言中也沒提到金箍棒的本質，我就別計較了吧。

反正我這次真正出其不意的招式並不是用金箍棒的攻擊。

……對了。

我必須先確認好一件事情才行。

「呃……請問武器的數量和種類上並沒有限制吧？」

「沒有啦，你想用什麼就儘管用。雖然我覺得拿那種棒子也未免太誇張就是了。」

看來沒有問題的樣子。

那就照作戰計畫行動吧。

「隨時放馬過來！」

測驗官氣勢十足地如此大叫。

聽到那聲音的同時——我在心中默念讓金箍棒伸長，近距離穿過測驗官的臉旁邊。

「……那是什麼！」

測驗官當場表情一繃，差點全身失去平衡。

……現在就是機會。

如此判斷的我……接著放開金箍棒，用空間轉移一口氣逼近到對手面前。

同時，我拿出剛才拉成扁平狀的**史萊姆**，用力丟向測驗官的臉。

「嗯啊！」

被史萊姆貼在臉上變得無法呼吸的測驗官當場慌張掙扎起來。

他露出破綻了……或者應該說，根本是破綻百出啊。

我發動身體強化魔法後，把前世學過的拳法招式盡數使出，將測驗官打飛到場外。

從開始到現在，體感上大約十秒鐘。

我想這樣肯定可以合格才對……

「嗚……嗚嗚……」

……原來如此。

對方痛得連宣告是否合格都辦不到啊。

哎呀，畢竟從剛才的手感來推估，那傷勢如果只靠自然治療應該需要六週才能痊癒。

我就幫他用治癒魔法治療一下吧。

於是我走近不斷呻吟的測驗官，發動治癒魔法。

「請問這樣我合格了嗎？」

「……當然合格。我甚至很想讓你直接升到A級呢。過去從來沒有一個人在B級的升等測驗上讓我受過傷啊。」

聽到我詢問，測驗官如此回答。

「……話說，你剛才那動作到底是怎麼回事？說到底，我根本不曉得居然會有棒子能夠那樣忽然改變長度的。」

他站起身子後，這麼問我。

「那是叫金箍棒的武器。」

「金箍棒……我聽都沒聽過。也罷。還有你的縮地術，到底是練到什麼境界去了？連我都無法應付的縮地術使用者可沒幾個人啊。」

「呃～那個……這個縮地術是有點難以說明的類型。」

話說這根本就不算縮地術就是了。

縮地術跟利用神通力的空間轉移，光從原理上就完全是不同的招式。

但這也很難說明，所以我姑且這麼回答他了。

「這麼說來……不久前我的堂妹說她遇到一個人『就算想上前提出決鬥，也會被對方用無法應付的招式逃掉』。那個人該不會就是你吧？」

「呃，我不太清楚……」

對於測驗官敏銳的推測，我含糊帶過。

我只是因為嫌麻煩所以每次都逃掉……但畢竟有些人的價值觀上認為「逃避決鬥是可恥的事情」之類的。

然而……

「你沒必要隱瞞啦。反正連我都輸得這麼難看了，我堂妹根本打從一開始就沒有勝算啊。」

測驗官說著，輕輕拍了兩下我的肩膀。

……似乎是我擔心過度了。

即便同樣是蒂艾家的人，這個測驗官完全是個好人嘛。

看來那傢伙的個性並不是家族遺傳的樣子。

「那麼我們就快點回去，早早辦完升等手續吧。你們跟我來。」

在測驗官這樣催促下，我們走回公會的櫃檯了。

◇

「各位，測驗辛苦了。這是B級的公會證。請各位小心保管，不要弄丟囉。」

回到櫃檯一段時間後，櫃檯小姐便拿來新的公會證交給我們。

「B級的委託內容會比C級還要危險。剛升等不久是最容易出事喪命的時期，請各位在活動時務必要注意安全喔。」

櫃檯小姐說著，對我們露出微笑。

「話說回來，剛才聽說臨時要增加一名受測者的時候，我還想說是發生什麼事情了……沒想到居然就是瓦里烏斯呀。再怎麼說你也升等得太快了吧？」

或許是緊張已經解除的關係，梅希亞小姐說出這樣的感想。

「呃，畢竟我在趕時間嘛。」

「這不是『趕時間』就能辦到的事情啊……」

「哎呀，要說這樣很像瓦里烏斯先生的感覺也是啦……」

聽到我的回答，那兩人分別這麼說道。

……對了。

現在可不是這樣閒話家常的時候啊。

我必須問問看關於自盡島的事情。

畢竟要是被拒絕了，到時候我還要想想別的方法。

「我稍微換個話題……如果兩位方便，能不能再跟我組一次臨時小隊呢？我正在考慮要到自盡島去……」

我如此切入話題後……那兩人的表情霎時完全僵住。

「……你剛說什麼？」

「我好像聽到『自盡島』什麼的……是不是我聽錯了？」

她們都露出好像難以置信的表情這麼回答我。

「不，我真的就是說自盡島。我無論如何都想要到那裡收集材料，可是公會的規則上如果只有我一個人就不能告訴我那座島在哪裡的樣子……」

「不不不不！」

我試著詳細說明……結果那兩人都用力左右搖頭說道：

「那種地方……我們去了只會變成累贅喔？」

「不對啦，艾莉亞，怎麼想都知道我們只是為了得到A級待遇而拿來湊人數的而已。說到底，從瓦里烏斯的立場來看，世上所有人都像是累贅吧。不過……再怎麼說我也不太想去自盡島呀……」

看來那兩人是真的不想去的樣子。

既然這樣……我只好出下一招了。

「我明白了。那麼……如果只是去申請臨時小隊，但實際上不去自盡島，接著就申請歸返然後解散小隊，這樣如何呢？畢竟對我來說，其實最起碼只要能問出自盡島的位置就可以了。」

沒錯。我們只要組成小隊向公會職員問出目的地的位置，然後我單獨前往自盡島，回來之後解散小隊就好。

雖然這樣做很像在鑽公會規則的漏洞，感覺有點過意不去。但既然那兩位不想去自盡島，我也別無選擇。

以退為進法──一開始先提出離譜誇張的要求，接著再退讓妥協提出自己真正想拜託的內容，對方就比較容易答應——我利用了這樣的手法交涉。

那兩人會怎麼回應呢？

正當我這麼想的時候……沒想到回答我的人既不是艾莉亞小姐也不是梅希亞小姐，居然是櫃檯小姐。

「呃……請問瓦里烏斯先生只要能夠前往自盡島就可以了對吧？若是這樣，與其特地拜託那兩位和您組成臨時小隊，其實還有個更好的方法喔。那就是利用精銳學院的理事長權限，讓您的冒險者等級再往上升一級。」

「理事長權限？」

我忍不住如此回問。

那種制度，我還是第一次聽說。

「是的。精銳學院的學生只要有精銳學院理事長提出請求，就能讓該名學生的公會等級提升一級。」

……還有這種事？

「當然，行使這項權限的條件非常嚴格，靠這個方式升等的學生一年都不一定會有一名……不過靠瓦里烏斯先生的實力以及『想要前往自盡島』這樣堅定的理由，我想絕對可以通過請求的。」

……哦？原來是這樣。

她說條件很嚴格的意思是……舉例來說，就算我在承接討伐海克力斯的委託之前知道有這樣的制度，當時也還無法達到行使權限的條件吧。

然後我能夠在這個時間點得知這項制度是相當幸運的事情。

畢竟如果只能提升一級，與其從C升到B，還不如從B升到A的時候行使權限會比較划算。

但話說回來……櫃檯小姐講的內容有一點讓我感到在意。

「請問那是……理事長『向』公會提出請求對吧？」

我如此詢問櫃檯小姐。

若按照她剛才的講法，聽起來好像我必須向校方提出申請的樣子……在這點上如何呢？

「通常來講是那樣沒錯。學生提出申請後，精銳學院會進行測驗和面試。如果校方判斷那個結果符合利用理事長權限升等的程度，理事長就會行動了。」

……感覺好麻煩。

而且應該很花時間。

不過……櫃檯小姐剛才說這是「通常來講」的狀況。

該不會這次我的案例可以簡化手續吧？

「……那麼像我的狀況就不算是通常的案例嗎？」

「是的。雖然這是相當特殊的案例……不過這次可以由我們公會方面請求理事長行使權限。」

聽到我的詢問，櫃檯小姐如此回答。

……原來如此。

雖然這樣聽起來其實根本沒有必要經過精銳學院這道手續……但或許是公會的規則比較死板，並沒有辦法只為了一名冒險者進行例外處理吧。

講白了，光是能夠直接提升等級，就不只是天上掉餡餅程度的幸運啦。

我心懷感激地接受這份好意吧。

……啊，可是……

「老實說，我很少到精銳學院去……請問這樣校方還會給我方便嗎？」

「嗯，我想應該沒問題。我們會特別強調『只要學生成功突破自盡島，校方也能留下個紀錄』的部分。這樣一來理事長應該也會動心吧。」

……意思是說公會會幫我說服校方嗎？

這下我欠公會的人情越來越多啦。

……對了。

這麼說來……精銳學院入學考試的前一天，我在路上救援的那輛馬車上的男人後來給了我一封可以減免一學分的信封。

雖然我不曉得是否派得上用場，不過還是姑且把那個人的事情也告訴櫃檯小姐吧。

於是我向櫃檯小姐說明了一下當時的來龍去脈。

結果……

「您、您和教育委員會的副委員長竟然有那樣的人脈嗎！」

櫃檯小姐當場張大嘴巴，往後退下一步如此大叫。

「……有那麼值得驚訝嗎？從那個人的講法聽起來，他應該每年都會來視察的樣子啊……」

「那位人物的確每年都會來視察，但我從來沒聽過他真的把上課減免權交給學生喔？那可是非常稀有的事情！」

……原來稀有到那種程度啊。

「我明白了。如果那位人物也願意提供協助……事情肯定會非常順利的。我想我們就採取尋求他協助的方針來進行吧！」

就這樣，現在狀況發展成我搞不好幾天之內就可以升等到A級冒險者了。

接下來……只有靜待結果啦。

◇

晉升B級三天後的傍晚。

我為了詢問理事長權限的結果，來到冒險者公會。

雖然我並不清楚今天會不會知道結果就是了啦。

只是因為我希望能早點聽到結果，所以這幾天每天傍晚都會來公會一趟。

而且我今天也從精銳學院的餐廳購入了大量的食物。

如此一來只要期末考一結束，我就可以出發去長期旅行了……

「啊，瓦里烏斯先生！請過來這邊！」

就在我想著這些事情的時候，櫃檯小姐很有精神地叫了我一聲。

那也就是說……

「理事長權限，通過了！」

……太好啦。

這下我也加入了A級冒險者的行列，可以光明正大地到自盡島探險了。

「這是您的A級公會證！」

櫃檯小姐說著，遞出一張光從顏色看起來就很豪華的公會證卡片。

我收下那張公會證的同時，把已經不需要的B級公會證交還給櫃檯小姐。

「多虧教育委員會的副委員長提供協助，讓所有程序都進展得好快呢！原本不管怎麼估算都至少需要一個禮拜的時間，現在卻短短三天就辦好了……」

……那個男人原來是這麼有地位的大人物啊。

下次要找個機會跟他道謝才行了。

拿到公會證後，我立刻就向櫃檯小姐請教了自盡島的位置。

「……您像這樣過去，就能看到一處這種形狀的海灣。從那個海灣出海之後，可以看到一座相當大的島嶼……那就是自盡島了。」

櫃檯小姐說明完後，把說明用的地圖收回抽屜中。

……原來如此。

那位置距離這座梅爾克爾斯的城鎮絕不算近……但只要坐筋斗雲全速飛行，應該睡個覺醒來就能到達了。

我原本還想說如果像是即便坐筋斗雲也必須單程花上一週時間的場所，就只能等期末考結束之後再正式啟程的……不過這下看來，就算馬上過去也沒問題的樣子。

那我今晚就出發吧。

『高卡薩斯，巴力西卜，來吃魔獸脆片吧。』

離開公會後，我首先讓從魔們進入吃飯時間。

『我就等這一刻！』

『好耶！衝腦Z！』

一知道吃飯時間到了，高卡薩斯和巴力西卜都立刻興奮起來。

……話說「衝腦Z」到底是什麼？

最近只要一到吃飯時間，巴力西卜就會這樣大叫……牠究竟是從哪裡學來那種莫名其妙的話啊？

哎呀，那種疑問就先放到一邊，我從收納魔法中拿出了魔獸脆片。

『『開動啦～！』』

我一打開裝有魔獸脆片的容器，牠們兩隻就以驚人的速度吃了起來。

魔獸脆片轉眼間越來越少……最後容器裡一掃而空了。

『啊～吃得真爽。』

『如果能夠續碗，我還可以吃得下就是了啦！』

高卡薩斯和巴力西卜各自說著飯後感想。

……續碗嗎？

畢竟今天我順利晉升A級冒險者，算是值得慶祝的日子……像這樣特別的日子就多給牠們吃一點也好吧。

「原來如此，那就──」

我正準備接著說「那就來續碗吧」……但說到一半頓時住嘴。

因為我發動收納魔法後，發現魔獸脆片已經沒有庫存了。

居然就在這個時候吃完。

真不曉得該說是很巧還是不巧啊。

反正不管怎麼說，至少可以確定在出發前往自盡島之前，必須先補充魔獸脆片才行了。

現在就去補充吧。

『那我們現在就到我的農園去。我會在那邊現炸魔獸脆片……所以今天可以續碗喔。』

『什麼？你說真的嗎！』

『有續碗？太棒啦！』

聽到我說可以續碗，牠們兩隻又更加興奮了。

……受不了，牠們還真好懂啊。

我抱著這樣的感想……讓筋斗雲朝我老家的方向開始移動。

◇

日落後過了幾個小時。

我們來到跟我老家稍有一段距離的一座農田。

這座農田是我剛轉生到這個世界時因為救了普林杰，所以卡梅爾大人賜給我的土地。

『那就開始採收吧。高卡薩斯，螢光魔法拜託你啦。』

抵達農田正上方之後，我向高卡薩斯如此指示。

『了解。』

高卡薩斯這麼回答，朝農田的四個角落放出魔法。

那個魔法命中四顆當成結界動力源的魔石……不久後，覆蓋整塊農田的結界便綻放出淡淡的光芒。

這個結界雖然平常只是扮演簡易溫室的角色，不過只要像這樣施予螢光魔法，就會發光一段時間。

如此一來，即便在黑夜中也能進行作業了。

我進入結界內側……拔出一根種在農田的植物。

「收穫量不錯……長得很順利。」

確認那個植物的地下莖長成了大顆的薯塊後，我如此呢喃。

這是叫作「麒麟薯」的一種薯類。

也就是魔獸脆片的基本材料。

麒麟薯的獲得方法很簡單，只要用魔物素材交換增味劑每超過一定的量，麒麟就會附贈一些麒麟薯……然而那個量非常少，如果直接加工成魔獸脆片絕對會入不敷出。

因此必須像這樣，利用贈送的麒麟薯種植栽培才行。

麒麟薯的栽培條件非常複雜，我為了耕耘出滿足條件的農田可是吃了不少苦……不過就在十歲左右的時候，完成了現在這個狀態的農田。

當時我是拿前世常看的某個農業系偶像團體的通訊魔法節目當成參考，自己發揮一點創意重現了節目內容做的事情。

從那之後，我就利用這塊農田的收成物製作魔獸脆片了。

如果是前世，市面上就有大量販售魔獸脆片，所以馴魔師根本不需要做這種工作。但既然我現在轉世到一個大家連覺醒進化是什麼都不知道的星球，這些苦勞就無可避免了。

反正高卡薩斯和巴力西卜也比較喜歡吃剛炸起來的魔獸脆片，所以現在這樣或許也不算壞事吧。

我發動栽培探測魔法，掌握薯塊的位置後……接著全力發動身體強化魔法，以現在的我能夠發揮的最高速度開始採收。

然後過了大約兩個小時。

「這次收成這些就足夠了吧。」

採收了約三噸麒麟薯的我，中斷這次的採收工作。

除了長成薯塊的部分以外的地下莖都還埋在地面下，因此只要放著，再過幾個月又會長出薯塊了。

農田工作到這邊全部結束，接下來要進入料理步驟。

於是我們走出農田，又坐著筋斗雲稍微移動，來到一座料理用的設施。

這同樣是我十一歲的時候搭建的屋子。

進入設施後，我用水魔法與超音波魔法一口氣把所有麒麟薯都清洗乾淨，去掉沾在上面的泥土。雖然還留著皮，不過麒麟薯通常都是直接連皮一起食用的。

接著……

『高卡薩斯，巴力西卜，魔力讓渡就拜託你們了。』

我讓牠們兩隻把魔力分給我，同時開始詠唱。

「如是切。如是斷。本末究竟等。」

結果……堆積如山的麒麟薯一口氣全部被切成了薄薄的圓片。

這個切割用的僧侶魔法會根據切割面的面積大小而改變消費的魔力量。

因此透過魔力讓渡之類的方法合作發動這個魔法，就能很有效率地一口氣大量切片。

我接著把增味劑撒在切片完的薯片上，然後把薯片丟入大鍋中油炸。

『哦哦……這個聲音，每次聽到都好刺激食慾啊。』

『沒錯沒錯，就是這個！滋嚦嚦的聲音！』

高卡薩斯與巴力西卜聽到炸薯片的聲音，變得更加迫不及待。

「完成囉。」

我說著，把炸好的魔獸脆片放到盤子上，又追加撒上增味劑後……

『『開動啦～！』』

牠們兩隻便狼吞虎嚥地吃起來了。

◇

等到高卡薩斯與巴力西卜都吃飽的時候，我也把收納用的魔獸脆片都炸完起鍋了……於是我們確認自盡島的方位之後，將筋斗雲設定往那個方向移動，接著便就寢了。

然後到了早上。

我醒來睜開眼睛……便看到一座魔力感覺起來明顯與其他地方不同的島嶼。不會錯。

那就是千兩——自盡島了。

來到島嶼上空後，我將筋斗雲收進收納魔法的同時，利用空間轉移和兩隻蟲一起降落到地面。

就在這時……

「歡迎來到這座島。接下來讓我為您帶路吧。」

我轉頭一看——發現一名漂亮到任何人經過身邊，肯定都會忍不住回望的美女站在那裡。

然而……那個存在讓我強烈感到不對勁。

因為這個人我很眼熟。

她長得跟我前世的知名國民偶像一模一樣……或者應該說怎麼看都是本人。

但身為轉生者的我不可能會在今生看到她出現於眼前才對。

「閉嘴。舞．阿魯巴斯坦才不可能出現在這個星球上。」

我說著，從收納魔法拿出露娜金屬製的劍架起了備戰姿勢。

這個「自稱帶路人」首先可以確定絕對不是舞‧阿魯巴斯坦本人。

雖然也有可能是舞‧阿魯巴斯坦同樣遭遇收納魔法意外而轉生到這顆星球、這個時代來了……但那種奇蹟的可能性非常低。

畢竟我從沒聽說過因為收納魔法意外的轉生結果到了另一個星球上的例子。恐怕我的狀況是稀有中的稀有案例吧。

我不認為這個星球上會有跟我來自同一個前世的轉生者。

另外還有一個決定性的疑點。

如果她真的是轉生者……無法解釋她的外觀為什麼會跟前世長得一模一樣。

像我現在的長相就算跟上輩子的十二歲時相比，也完全不一樣啊。

如此考慮起來，現在這個狀況應該判斷是什麼傢伙，擬態成舞‧阿魯巴斯坦的樣貌想要對我做什麼壞事比較自然。

當然，單純只是跟舞‧阿魯巴斯坦長得一模一樣的分身，真的想要為我帶路的可能性也並非為零……不過究竟是不是這種狀況，其實有個簡單的方法可以確定。

「如果妳真的是舞·阿魯巴斯坦本人就證明給我看……例如說，回答我以下的問題：《流行性感冒》的副歌部分怎麼唱？」

流行性感冒。

那是舞·阿魯巴斯坦隸屬的偶像團體所唱的代表歌曲之一。

如果對方唱得正確，那麼她是舞·阿魯巴斯坦本人的可能性就比較高。而如果她說「我沒聽過那種歌」，就很有可能只是長得很像的分身。然而……

「…………～～♪」

她唱出的是歌詞和「流行性感冒」完全一樣，但旋律完全不同的歌曲。

而且……還是模仿我在腦中亂編出來的旋律。

這下確定了。

這傢伙既不是轉生的舞·阿魯巴斯坦本人，也不是什麼分身。

她絕對是讀取我腦中的記憶並擬態成舞·阿魯巴斯坦的傢伙，想要矇騙我。

畢竟這星球上的人據說就算是高等級的冒險者也幾乎不會到這座島來……因此可以確定這傢伙應該是魔物。

「真可惜啊。妳這手法……對轉生者是沒用的啦！」

我說著，全力發動身體強化魔法……將渾身的神通力注入露娜金屬製的劍，逼近擬態者眼前用力一揮。

「什……」

擬態者連叫出聲音都來不及就當場身影消散……留下一顆魔石以及像水晶一樣的大球體。

「是變體魔神啊。」

我將魔石與球體收進收納魔法並小聲呢喃。

變體魔神是一種能夠變身成各種形狀的魔物。

主要戰鬥方式是「解析人類的大腦並擬態成對那個人來說最具魅力的人物，趁對方鬆懈大意時偷襲殺死對方」。

雖然戰鬥能力本身跟豬八戒的幼體差不多，但由於擬態的重現度之高讓許多人受騙喪命，在前世是被認定為推算危險度相當高的魔物。

只不過對我來說，擬態成前世的人物根本一點意義都沒有就是了。

順道一提，變體魔神本來的樣貌就是討伐後的那個球體形狀。

這麼稀有的魔物，大概也只有在自盡島才看得到吧。

該怎麼說……這場討伐讓我有種「真的到自盡島來了」的感覺呢。

正當我抱著這種感想的時候……

『瓦里烏斯，剛才那隻魔物的屍體，可以給我嗎？』

我忽然聽到高卡薩斯這麼表示。

牠想要變體魔神的屍體？……哦哦，原來是那樣。

『說得也是。這個交給你利用應該是最好的。』

察覺高卡薩斯有何打算的我這麼回應後，從收納魔法拿出變體魔神的屍體交給牠。

『不好意思啦。那我就不客氣了。』

高卡薩斯說著，將變體魔神的屍體放到自己的翅膀上。

『……啊！等等！我也要我也要！』

巴力西卜看到那行為，也趕緊貼近到變體魔神的屍體上。

緊接著，高卡薩斯對變體魔神的屍體發動一種魔法。

結果牠們兩隻頓時被光芒包覆幾秒鐘……等光芒消失後，牠們的氛圍都變得跟平常不太一樣了。

原本亮黃色的翅膀變成帶有藍色的黃褐色，黑斑的位置與數量也有些微改變。

嗯，是利奇亞種。

通常應該只有海克力斯魔兜蟲才會變成這種顏色……但如果將變體魔神的屍體當成基底施展自由變身魔法，原來也可以辦到這種事情啊。

話說回來，高卡薩斯畢竟同樣是甲蟲類的魔物，叫高卡薩斯青藍利奇亞種就可以了……但若是巴力西卜，難道要叫巴力西卜青藍利奇亞種嗎？

蒼蠅型魔物的利奇亞種，感覺超奇怪的。

哎呀，既然牠本人覺得喜歡就好。

『這顏色如何啊！真想給海克力斯那傢伙看看！』

「這種翅膀顏色果然超帥氣的！」

高卡薩斯和巴力西卜都表現得非常愉悅的樣子。

……看來牠們兩隻現在的幹勁都衝到了最高潮。

那就乘著這股氣勢正式開始攻略自盡島吧。

在自盡島最有效率的狩獵方法，當然就是「把增味劑撒在空中引誘魔物，然後一網打盡」了。

不過……在那之前必須先做一件事情。

那就是處理掉植物型魔物。

尤其是能夠把藤蔓像鞭子一樣甩動、廣範圍捕食魔物的「長鞭樹」，以及踩到就會爆炸的蕈型魔物「地雷菇」。這兩種魔物絕對要先處理掉才行。

被增味劑引誘而來的魔物會變得性急而注意力散漫，因此即便是平常絕對不會中這些陷阱的高等魔物，也搞不好會被植物型魔物打敗。

如果只是想要收集素材，那樣其實也沒什麼關係……但這次我來到這裡的目的除了收集覺醒進化素材之外，也是為了鍛鍊自己的神通力。

畢竟最終只有具備神通力的我才能夠給予朱雀致命的一擊。

所以我希望盡量讓高卡薩斯牠們擊敗更多魔物，用分來的經驗值提升自己的神通力。

為了這個目的，必須先把植物型魔物排除掉才行。

『高卡薩斯，巴力西卜，可以麻煩你們去把這附近像那樣的玩意全部爆破掉嗎？』

我指著利用探測魔法在近處找到的地雷菇，如此拜託牠們兩隻。

畢竟地雷菇的爆炸威力相當大，因此把爆破工作交給會飛的夥伴們，從安全範圍進行處理才是上策。

當然我也可以坐筋斗雲在空中進行同樣的工作……但那樣一來，又要考慮到由誰去砍伐長鞭樹的問題。

無論如何都必須進行近身戰鬥的長鞭樹由我來砍伐，將地雷菇交給牠們兩隻處理。

這應該就是最有效率的分工方式了。

『跟那個同種的菇類是吧。了解。』

『這點程度，小事一樁啦！』

聽到牠們兩隻幹勁十足的回應後……我便開始進行自己的工作。

首先用探測魔法尋找長鞭樹的位置，再用千里眼確認地形。

接著空間轉移到樹幹旁邊……

「嘿！」

不給對方甩動藤蔓的機會，用露娜金屬製的劍將樹幹劈成兩半。

於是原本不斷蠢動的大量藤蔓都停下動作，全部像虛脫似地垂到地面上。

如此一來就討伐結束了。

我這麼判斷，準備把長鞭樹的屍體收進收納魔法。

但就在這時……

「……唔。」

附近的另一棵長鞭樹朝我甩出藤蔓，因此我用無詠唱的方式發動「如是切。如是斷。本末究竟等。」切斷藤蔓。

雖然說這個魔法如果用無詠唱的方式施展，魔力效率就會變得很低，並不適合在戰鬥中使用。

不過一條藤蔓的切割面也沒多少面積，遇到緊急時使用一下應該無妨吧。

我想著這些事情的同時，重新把長鞭樹的屍體收起來……接著開始砍伐剛才攻擊我的那棵長鞭樹。

就這樣，我用露娜金屬製的劍進行攻擊，用無詠唱的「如是切。如是斷。本末究竟等。」進行防禦，持續砍伐了大約三十分鐘。

等到確認相當大範圍內的長鞭樹與地雷菇都被處理掉之後，終於準備要把增味劑撒到空中了。

雖然魔物會對增味劑產生反應的範圍，遠比我們處理過植物的範圍還要廣，但這點上沒什麼問題。

畢竟距離散播的中心地點越遠，增味劑的香氣濃度就會越低。在遠處的魔物並不至於會興奮到失去理性的程度。

因此只要處理掉一定程度範圍內的植物型魔物，就能充分提升效果了。

我從收納魔法拿出幾瓶增味劑……把瓶中的內容物全部撒向空中。

『居然撒這玩意……我的食慾又……』

『嗚嗚！受不了啦！』

高卡薩斯和巴力西卜立刻對那香氣起了反應。

的確，受到這個空中撒粉影響最大的就是牠們兩隻。不過……

『我今天也會讓你們吃多一點魔獸脆片啦，所以現在你們專心對付朝這裡聚集的魔物吧。』

……從平常就在吃魔獸脆片和魔獸果凍的從魔，即使聞到這個香味也不至於失去理智。

只要我這麼說，牠們兩隻就會集中精神在戰鬥上。

過度興奮而注意力散漫的敵人，以及完全進入戰鬥狀態的我方。

這樣根本沒有會輸的道理。

像現在只要魔物聚集過來，高卡薩斯就會利用高速旋轉的離心力擊碎牠們，巴力西卜則是運用毒魔法，一隻接一隻地擊敗魔物。

看著那樣的戰況，我也拿起露娜金屬製的劍砍向自己一個人可以應付的魔物。

就這樣過了一段時間後。

「呼。」

『……總算不再來啦。』

『哎呀，當作是飯前運動也剛剛好吧。』

我們終於把蜂擁而至的魔物們全數擊敗了。

……魔物的強度如果以精銳學院附屬迷宮來比喻，給我的印象較多是第八十層左右的強度。

感覺比前世千兩島的平均等級稍微低了一點。

對我來說，和這個程度的對手繼續打下去就很足夠。不過……

『高卡薩斯，巴力西卜，剛才的戰鬥感覺如何？以敵人的強度來講……』

『嗯……是不差啦，但有點嫌不夠。』

『沒錯。不論好壞，就是感覺有一點點強而已吧？』

我問牠們兩隻關於戰鬥的感想，結果牠們這麼回答。

……果然對牠們來說會有點嫌不夠啊。

畢竟巴力西卜四年來和覺醒高卡薩斯一起累積了相當多的戰鬥經驗之後，自己也覺醒進化，而高卡薩斯甚至經過雙重覺醒進化。

會有這樣的感想也是當然的吧。

……有沒有什麼方法可以幫牠們準備更強的敵人呢？

我如此想著，用千里眼到處觀察……結果注意到某種植物型魔物。

毒粉花。

那是會將有毒的花粉散播到空中，讓周圍的魔物昏睡後進行捕食的魔物。

深紫色的巨大厚花瓣上有大量的黑色斑點，不可能會跟其他魔物搞錯。

由於這傢伙的毒只會對自盡島上屬於相當弱的魔物有效果，所以剛才我並沒有列入砍伐對象……沒想到這下剛好可以派上用場。

只要利用毒粉花，就能引誘更強大的魔物了。

「嘿～咻！」

我把一旁腐朽的倒樹用力翻開。

結果在倒樹的另一面……長滿了黃色底藍色斑點的菇類。

非法蘑菇。

光是觸碰就能產生強烈的快感、萬能感與亢奮感，但事後會受到嚴重的幻覺與依賴症所苦，是一種非常恐怖的菇類。

我接著對雙手施予解毒魔法，採收那些蘑菇。

畢竟要是不這麼做，把它們收進收納魔法之前我自己就會中鏢了。

採收完成後，我移動到毒粉花生長的地方……在地面展開一面與花同高的水平結界，將幾個非法蘑菇放到上面。

然後詠唱魔法：

「願以此供品為回報——與汝締結單次的派遣契約。」

結果……毒粉花把放在結界上的非法蘑菇吃個精光後，綻放出耀眼的光芒。

等到光芒消失……在那裡出現了花瓣數目加倍的花。

我使用的這個叫派遣從魔契約魔法。

這是能夠短期間馴服魔物並使之變異的馴魔師用魔法。

如果要使用這個魔法，必須準備一定的「回報」……而毒粉花需要的「回報」就是非法蘑菇。

毒粉花經由這次的魔法進化為變異種的「麻黃粉花」，並暫時成為了我的從魔。

麻黃粉花是一種會廣範圍散播特殊花粉，讓附近的魔物們凶暴化的植物型魔物。

然後只要討伐受其影響而凶暴化的魔物，我們就能更有效率地獲得經驗值了。

當然，派遣從魔契約魔法的魔物變異效果並沒有像覺醒進化那麼強烈。

不過重要的是這和覺醒進化比起來壓倒性地簡單方便，因此在不少狀況下可以像這樣加以活用。

收納魔法中還剩下很多剛才採收的非法蘑菇。

我就再去找幾朵毒粉花，締結派遣從魔契約吧。

◇

又和幾朵毒粉花締結完派遣從魔契約後，我回到散播增味劑的中心地點……坐筋斗雲移動到正上空。

這是為了更廣範圍地引誘魔物，所以要從高空散播增味劑。

至於為什麼第一次沒有這麼做，是因為如果從太高的位置散播增味劑，就算能夠廣範圍刺激魔物，也不可能讓牠們往同一個地點聚集。

這是由於空氣中的增味劑濃度變得太淡，魔物們沒辦法靠自己的嗅覺找到氣味的散播源頭。

不過這次就沒有這個問題了。

因為只要用氣味刺激一下魔物，牠們就能循著第一次散播的增味劑香氣來到中心地點。

我將一定分量的增味劑散播完畢後……降低筋斗雲的高度回到地上，等待魔物來襲。

沒多久後，便漸漸有魔物出現了。

看起來像是把犀牛巨大化的那個魔物集團，外觀上感覺也明顯比剛才第一波的魔物來得強。

高卡薩斯立刻放出魔法……把最前頭的魔物打到瀕死狀態。

『唔……居然還活著。看來這些傢伙稍微比較有骨氣的樣子。』

『哦~這下變得有趣起來啦~』

看到那隻魔物沒有當場被打死，即使都骨頭外露也依然瞪著高卡薩斯牠們的模樣，牠們兩隻分別說出這樣的感想。

的確，敵人似乎被強化得恰到好處。

就在高卡薩斯牠們將成群的魔物一隻接一隻擊敗的同時，我專心感受著神通力的成長速度，並且與之前在精銳學院附屬迷宮時的成長速度進行比較，藉此試著反過來計算魔物的平均等級。

……如果以精銳學院附屬迷宮來講，大約是九十五層以下的感覺吧。

雖然這種強度對於現在的高卡薩斯牠們來說還游刃有餘……但利用麻黃粉花強化魔物的極限大概也就是這樣了。

如此這般，我們持續狩獵魔物過了幾十分鐘。

就在魔物們的來襲數量變得零零星星的時候……我的探測魔法忽然感受到至今從未有過的強烈反應。

『高卡薩斯，巴力西卜，小心點！和剛才完全不同等級的敵人要來了。』

我如此提醒牠們兩隻的同時，透過千里眼觀察那隻魔物。

……是爬行克拉肯啊。

靠八隻腳以迅猛速度衝來的烏賊型魔物看起來確實有點恐怖……但依然不是現在的高卡薩斯與巴力西卜的對手。

就在我如此分析的時候，爬行克拉肯已經逼近到用肉眼即可看見的距離。

接著……在巴力西卜施展讓對手的電擊抵抗力大幅減少的輔助魔法「體表電解質增加」，以及高卡薩斯的雷電魔法攻擊之下，爬行克拉肯一瞬間就被整隻烤焦。

哎呀，畢竟牠全身都還沾著海水就跑來，當然會被電成烤花枝啦。

我抱著這樣的感想，把爬行克拉肯的屍體收進收納魔法中。

爬行克拉肯是比精銳學院附屬迷宮的頭目——史爾特爾還要強的魔物，可以成為覺性進化素材……但很可惜，爬行克拉肯同樣是變成【設計圖】進化素材的魔物。

現在只能當成庫存保留下來了。

『高卡薩斯，巴力西卜，辛苦你們了。來吃魔獸脆片吧。』

畢竟這附近的魔物幾乎都被殺光啦。

明天稍微換個地方應該比較好。

我就這樣思考著明天的預定行程，並且拿出了大量的魔獸脆片放到那兩隻面前。

◇

隔天。

我們一邊吃著早餐一邊坐筋斗雲移動……等吃飽後降落到地面。

結果就在這時……

我們眼前出現了一個教人毛骨悚然的魔物。

……是殭屍啊。

說到殭屍，可以分成被殭屍病毒感染而成為殭屍的「病毒型」，以及死後化為魔物的「不死型」……這個殭屍是屬於哪一種呢？

只要做一項驗證應該就可以知道了。

於是我開始詠唱魔法：

「宿於吾身之巨噬體啊……提示眼前病變之抗原。」

這是治癒師使用的免疫魔法之一——「抗原提示」。

如果眼前這個殭屍是病毒型，我應該就能靠這個魔法預防感染才對……

……嗯，什麼也沒發生。

這表示眼前這個殭屍並非病毒型，而是不死型。

那就殺了他吧。

反正不需要害怕會被不死型傳染什麼疾病，隨便把他砍死應該就行了。

我這麼想著，準備從收納魔法中拿出露娜金屬製的劍。

然而……就在這時，我改變了主意。

印象中，阿提米絲以前說過神通力的用途之中有一項是「死者復生」。

如果這招用在不死型的殭屍身上會怎麼樣呢？

第15話◆復活者

話說……死者復生要怎麼用啊？

像之前空間轉移的時候也是一樣，神通力關聯的招式如果不問就根本不曉得使用方式。

所以說，來問問看阿提米絲吧。

『阿提米絲，現在方便嗎？』

我啟動神通力的通訊，如此詢問。

『是瓦里烏斯呀。沒問題，想問什麼儘管問。』

『謝謝。那我就直接問了……可不可以教我死者復生怎麼用？』

『……啥？』

我一切入正題……阿提米絲的反應就有如聽到了什麼荒唐的發言。

『你說死者復生……那可不是剛獲得神通力才四個月左右的人類能夠使用的招式喔？』

她的講法聽起來，簡直就像我提出了什麼很不合理的要求一樣。

然而下個瞬間，她又苦惱起來。

『……不過就算說是人類，瓦里烏斯才剛獲得神通力不到一個禮拜就學會了空間轉移……搞不好現在的瓦里烏斯已經可以辦到了？不，可是上個月你來的時候感覺還不……』

從阿提米絲的反應來推測，她似乎在判斷我的神通力等級能否施展死者復生，猶豫不決的樣子。

『如果妳不知道我是否能辦到，可不可以就先告訴我看看？要是我真的辦不到，那時候我會再想想辦法。』

我這麼說服阿提米絲。

反正我現在在自盡島。

要是我現在的神通力還辦不到死者復生，到時候再繼續鍛鍊就可以了。

『好吧，既然你都這麼說了。』

阿提米絲終於做出決定似地如此說道。

就這樣，最後討論的結果是會教我死者復生的方法……於是阿提米絲立刻開始傳授：

『死者復生的做法……讓我想想看喔。如果要教人類，這種說明方式應該最好理解吧。瓦里烏斯，你會不會使用什麼治癒類的魔法。』

『會啊，我大致上都學過了。』

治癒魔法……也就是治癒師的職業魔法。

馴魔師使用起來只是魔力消耗比較多，但並不是完全無法施展。

『是嗎，那就好。既然這樣……你先試著用跟治癒魔法的魔力操作同樣的訣竅操作看看神通力。』

阿提米絲提出這樣的指示……於是我姑且用神通力嘗試重現使用回復魔法時的魔力流動。

畢竟回復魔法是所有治癒魔法之中最單純且基本的魔法。

如果要用神通力重現魔力操作，這招魔法應該是再適合不過了。

……我本來是這麼想的，可是就在我操作著神通力的過程中……忽然感覺有點不對勁。

該怎麼形容呢？就是神通力的操作好像有種擅自被修正的感覺。

『阿提米絲，怎麼神通力的流動感覺好像擅自被控制的樣子……這樣對嗎？』

感到奇怪的我立刻如此詢問阿提米斯。

結果……得到的回應卻是這樣：

『什……已經做到那一步了？你說得沒錯，只要能做到接近於死者復生的神通力操作，它就會自動進行修正……但是居然第一次嘗試就辦到這點，簡直不只是天才而已的程度喔？』

照阿提米絲的說法，看來我做的並沒有錯。

天才，嗎？

我是不曉得自己是否有那樣的才華……但我多少能想到可能的理由。

身為馴魔師的我，從平時就大量在使用自己職業適性以外的魔法。

雖然如今這種事情對我來說已經習以為常，不過像這樣消耗龐大的魔力進行自己不擅長的事情其實難度是很高的。

或許就是這樣的經驗鍛鍊了我的感受性吧。

『也就是說……我現在實際嘗試讓死者復生也沒問題嗎？』

『嗯，沒問題。只不過……和單純練習操作神通力不同，若要實際行使死者復生，還要考慮到你神通力的出力問題。並不保證一定會成功喔？』

對於我的詢問，阿提米絲如此回答。

這麼說來，她一開始好像有說到我的神通力等級怎樣怎樣之類的話。

原來那不只是在講操作上的正確性，也包含單純的出力不足問題啊。

不過總之，先試試看再說吧。

我這麼想著，透過跟剛才同樣的訣竅操作神通力……對眼前的殭屍施展死者復生。

結果……

像是腐敗的手臂等等象徵殭屍的外觀性特徵逐漸消失……殭屍最後變成了一名普通的青年。

這樣應該是復活成功了。

於是我準備向那位青年搭話。

然而……

「噁嘔！」

他看起來非常不舒服的樣子。

因此我對他追加施予回復魔法。

或許是這樣讓他的身體狀況也恢復了，他終於緩緩站起身子。

「這……是什麼狀況？」

青年接著如此呢喃。

殭屍不可能如此流暢地講人話。

這下應該可以判斷確實復活成功了吧。

……總之，必須先跟阿提米絲道謝才行。

『阿提米絲，死者復生順利成功了。謝謝妳。』

『那太好了。真受不了，你的神通力成長速度實在驚人呀……』

向阿提米絲道完謝後，我切斷了神通力通訊。

……好啦。

我嘗試讓殭屍復活後，對方確實變成了人類……不過他究竟是什麼人物呢？

雖然說，既然是會到自盡島來的人，應該就只有一種可能啦。

我試著詢問這位青年：

「不好意思，雖然我想你應該腦袋還很混亂，不過請讓我問你一個問題。你是A級冒險者嗎？」

「……沒錯。我是A級小隊『克努斯箭號希望』的成員。」

「話說……為什麼我會活著？」

「因為你變成了不死族，然後我讓你復活了……請你不要問太多。」

對於青年喃喃自語似地發言，我如此回應。

我每次都在想，當我用神通力達成了什麼事情的時候，如果被人追問詳細內容總是很難回答啊。

露娜金屬製的劍說是「特殊的劍術」，空間轉移說是「特殊的縮地術」都還勉強可以含糊過去……但是到死者復生的等級，就實在沒辦法找到什麼方便的藉口。

無可奈何下，我只好直言「請不要問太多」了。

畢竟「不過度探究」是冒險者之間不成文的規定，因此只要向對方這樣表示，之後就不會再提到這個話題了。

言歸正傳，這位青年看起來內心還很動搖的樣子。

如果只是回答像「你是A級冒險者嗎？」這樣單純的問題還可以，但他現在的心境想必很難詳細說明自己之所以變成殭屍的來龍去脈吧。

我就等他稍微平靜下來好了。

然後再請他把可以講的部分告訴我。

如此決定後，我暫且指示高卡薩斯與巴力西卜『你們隨便去找地方盡情狩獵吧』……自己則是為青年準備了一杯熱飲。

並且對附近拔來的草施加藥師魔法「鎮靜作用賦予」，加入熱飲中。

接下來就慢慢等青年把它喝完吧。

◇

過了十分鐘左右，青年的樣子看起來明顯變得比較正常，於是我開始和他交談。

「我叫瓦里烏斯。你呢？」

「我叫普雷克斯。剛才也說過了，是個A級冒險者……你該不會是精銳學院畢業的？」

「不，我還是在校生。」

由於青年自我介紹的同時提出詢問，於是我如此回答。

雖然都自主停課，但我好歹還是在校生嘛。

「什……還只是學生就到這座島上來？而且還那樣從容不迫……你究竟是何方神聖？」

普雷克斯露出一臉難以置信的表情。

「呃……關於這點有各種複雜的理由啦……」

我這麼說著，含糊過去。

雖然還是學生，但畢竟我是個轉生者啊。

更重要的是，當我才八歲的時候手頭上就擁有覺醒進化素材。這點占了非常大的因素。

覺醒進化素材並不是剛出道的新手馴魔師有辦法獲得的東西，因此前世的馴魔師之間有項傳統，是當有新人馴魔師成年的時候，馴魔師前輩就會贈予一隻從魔份的覺醒進化素材。

換句話說，馴魔師必須等到成年之後才有辦法正式開始累積身為馴魔師的經驗。

然而我在轉生到這個世界才八歲的時候，就已經有一套覺醒進化素材，而且之後很快就馴服了高卡薩斯並使其覺醒進化。

也就是說，現在的我相當於前世的馴魔師成年之後第四年的實力。

因此就算我在自盡島上能夠正常進行活動也沒什麼好奇怪的……但這點也很難向對方說明啊。

所以就進入下個話題吧。

「話說回來……請問普雷克斯先生在變成殭屍的這段期間有意識嗎？」

我首先基於自己的好奇心提出這樣的問題。

假如只是讓普通的屍體復活，想當然只會有生前的記憶……但普雷克斯到剛剛還是個不死族。

就算化為不死族，依然是「死＝沒有意識」嗎？還是說會有身為殭屍的意識呢？

我想這是個相當有趣的研究主題。

然而……

「殭屍……難道我原本變成了殭屍嗎？」

我得到的卻是這樣意外的回答。

這下……可以確定他只有生前的記憶了。

反正就算有身為殭屍的記憶肯定也不是什麼好內容，或許這樣比較好吧。

「是啊。我剛剛在自盡島上探險，結果忽然出現一隻殭屍……所以我嘗試讓殭屍復活後，醒來的那個人就是你了。」

「這、這樣啊……？」

普雷克斯用一副簡直像在跟宇宙人講話似的表情這麼回應我。

「如果你不介意，可不可以告訴我你變成殭屍之前……也就是來到自盡島之後直到剛才遇見我為止，究竟發生了什麼事情？」

閒話問好告一段落後，我接著切入核心。

結果……普雷克斯即使露出難過的表情，還是為我一點一點地講述起來。

「我是以A級小隊『克努斯箭號希望』成員的身分來到這座島探險……」

口氣緩慢但話語清楚的他繼續說道：

「我們一開始很順利。雖然遇到的盡是強敵，不過靠著小隊合作的力量，我們還是勉強討伐成功了。然而……就因為我們打倒了敵人，而決定往更深處移動了。現在回想起來，那是一項錯誤的選擇。」

普雷克斯說著，表情變得越來越僵硬。

我本來想對他說「如果覺得難受就不用勉強繼續說下去」的……可是在我開口之前，他又接著講述起來。

「到了隔天……忽然出現了強度完全是不同境界的魔物。那股強烈得讓人在本能上感受到死亡的恐懼，讓我們顧不得方向只能拚命逃跑。就這樣……回神時，我們已經來到深處，連回去的路都不曉得在哪裡了。」

……原來如此。

這裡在自盡島上算是比較深處的地方。普雷克斯的小隊以為他們的實力在自盡島上多少可以通用……然而事實卻並非如此。

「不知如何是好的我們只能過一天算一天……結果有一天，我們遇到強大的魔物卻逃跑失敗了。我的記憶就只有到這邊。」

普雷克斯說完後，彷彿達成什麼任務似地露出鬆了一口氣的表情。

……原來如此。

簡單來說，「克努斯箭號希望」就是過去前往自盡島而沒能生還的A級小隊之一。

照普雷克斯的講法來推測，「克努斯箭號希望」的小隊成員們，應該都被那隻強大的魔物殺掉了吧。

……嗯？等等喔。

也就是說……搞不好可以意外簡單地讓普雷克斯的隊友們也一起復活呢。

不死生物基本上是不會輕易改變生活區域的魔物。

換言之，「克努斯箭號希望」的成員們有可能還在這附近徘徊。

那麼要找出來就比較簡單了。

畢竟只要用一個魔法，就能夠只讓不死生物聚集到這裡來。

「……請你等一下喔。我想嘗試看看一件事情。」

話雖如此，但這終究只是我的假說。

為了不要讓普雷克斯懷抱過度的期待，我刻意避開具體的描述如此說道。

……那麼，就來一場復活作戰吧。

按照現況，馴魔師在這星球上受到的待遇是「廢物」。

如果能夠讓覺醒進化的知識普及，人們應該就能逐漸注意到馴魔師真正的價值所在……然而想要改變人們的認知，無論如何都需要花上漫長的時間。

這時候很重要的就是，要把「紅人或權威性的存在」拉攏為自己人。

畢竟在啟蒙運動上，那種人物將可以發揮難以估量的巨大影響力。

假使我現在能夠讓A級冒險者組成的小隊「克努斯箭號希望」復活……他們想必可以成為我的第一批「權威性的協力者」。

因此在這次的作戰中，我無論如何都希望讓「克努斯箭號希望」的所有成員都復活。

當然，這個復活行為的動機中，也包含「希望幫助普雷克斯找回夥伴」這樣純粹的想法就是了。

我想著這些事情的同時……發動聖騎士專用魔法之一的「神聖注目」。

這是發出神聖力量挑釁不死生物用的魔法。

只要稍等一段時間，附近的不死生物們應該就會對我的挑釁做出反應，陸續朝我接近吧。

……正當我這麼想的時候，普雷克斯大叫起來：

「喂！你瘋了嗎！要是用了那種魔法……」

我轉頭一看……發現他瞪大眼睛，嘴巴一張一合地伸手指著我。

「有什麼問題嗎？」

「問題可大了！要是在這種地方使用神聖注目，不死生物們全都會跑來啊！」

……那當然啦。

我就是為了那個目的才發動的嘛。

「因為我需要讓不死生物們聚集過來，所以這麼做的。你不用慌張。」

如此回應的同時，我看向普雷克斯的頭髮。

銀髮……是聖騎士。

怪不得我明明什麼都沒說，他就知道這個魔法是神聖注目了。

我一邊確認著這種事情，一邊發動探測魔法。

……嗯，看來很順利把不死生物吸引過來了。

距離最近的傢伙應該再過十秒，就會現身在我們眼前。

我從收納魔法拿出露娜金屬製的劍，把身體轉向第一個不死生物即將過來的方向。

幾秒後……從草叢中冒出一隻巫妖。

巫妖啊……真教人懷念。

我腦中不經意想起前世的夥伴——覺醒巫妖。

那傢伙對同族有強烈的厭惡感，每次在迷宮之類的地方遇上其他巫妖，就會第一個先把對方斃掉。

所以……眼前這傢伙也馬上殺掉吧。

我發動身體強化魔法，並且把神通力注入露娜金屬製的劍……一口氣逼近巫妖，從右上往左下揮劍。

巫妖看起來甚至連自己被砍都沒有發現的樣子，當場倒地。

當人類化為不死族的時候，只會變成殭屍或其高等種的殭屍王。

所以其他無關的不死生物就全部打倒沒有關係。

「……呃……咦？怎麼剛才巫妖好像一瞬間就……？」

我轉頭一看……發現普雷克斯不斷反覆揉揉眼睛後又凝視巫妖屍體的動作。

然而我不以為意，接著又揮劍砍向下一個現身的不死生物。

就這樣，當我討伐了四隻不死生物後……

我真正想找的殭屍終於出現了。

於是我利用回復魔法的訣竅操作神通力……接著自動修正效果發動後，眼前的殭屍便恢復成一名人類。

復活成功了。

最後我再施予回復魔法……那個人便快步跑向普雷克斯面前。

「普雷克斯，原來你平安無事！」

那個人發出快要哭出來似的聲音如此大叫。

……看來是找對人了。再下一個吧。

我轉向背後，看見又有另一個殭屍爬過來，於是我同樣又發動了一次死者復生。

等對方恢復成人類後，我再施予回復魔法……結果那名男子一看到周圍的狀況就立刻發動了兩個魔法。

「咦？為什麼我會活著……等等，這大量的不死生物是怎麼回事！神聖防護罩！大地護牆！」

聖騎士魔法和土魔法……這個人的頭髮是金色，然而跟我不一樣，是個道地的賢者啊。

雖然在魔法出力上稍嫌不足，但情急之中選擇的防禦陣勢相當精確，可見他的個性似乎比剛才那兩人來得冷靜的樣子。

只不過現在畢竟有我在場，所以他們其實不用擔心會受到攻擊就是了。

我如此想著，又繼續處理掉大約三十隻不死生物後……受到神聖注目影響的最後一個不死族現身了。

是殭屍王啊。

這是第四個殭屍類的不死生物。

如果「克努斯箭號希望」是四人小隊，我只要讓這傢伙復活，就能讓小隊成員全部到齊了。

想著這種事情的同時……我發動了今天第四次的死者復生。

沒多久後，殭屍王的外觀也變回人類，於是我最後再施予回復魔法。

結果……

「「「隊長！」」」

包含普雷克斯在內最先復活的兩個人，快步趕到那個原本是殭屍王的人物身邊。

第三個復活的賢者也解除防禦魔法，隨後跟上。

原來如此，那個人物就是小隊的隊長。

畢竟會變成什麼不死生物是決定於那個人原本的強度。

這也很合理吧。

「普雷克斯、拉格翰、泰瑞恩……大家都平安無事啊！」

被稱為隊長的女性綻放笑容如此說道。

「才不叫平安無事呢！我們都死過一次成為了不死族，是那個人把我們救回來的……」

「我一開始也不相信什麼從不死族復活成人類的事情……但是像這樣親眼見證他辦到了這種事，我也無話可說了。」

「那個人肯定是神啊。」

那三個人你一言我一語地向隊長如此說道。

……神嗎？

畢竟我用的是神通力，在某種意義上也沒錯吧。

「話說那個人亂強一把的！就連那個屍妖王都連同包覆全身像惡夢般的邪氣一起被他打飛了……太誇張了吧？」

「尤其是身體強化超厲害的。他用的其他魔法還姑且跟頂級賢者差不多程度……但唯獨身體強化完全是不同的境界。我都搞不懂那到底是怎麼回事了。」

「而且他還是精銳學院的在校學生喔？現在就已經那麼強了，真不知道以後會變成怎樣……」

三個人都興奮不已地越講越激動。

關於身體強化嘛……也不是沒有原因啦。

馴魔師在使用其他職業的魔法時，是憑藉龐大的魔力量彌補惡劣的魔力效率，硬是讓魔法發動的……然而身體強化並不是什麼職業魔法。

由於能夠以高效率使用龐大的魔法，當然就跟其他魔法完全不同境界了。

雖然不太好意思打擾他們感動的重逢……但有一件事情必須問清楚，於是我向那位隊長說道：

「請問『克努斯箭號希望』的成員就是這幾個人嗎？」

「呃……是的。我們是四人小隊。」

對於我的詢問，隊長如此回答。

也就是說我讓全員復活了。

很好，一切都進行得很順利。

既然如此……就沒有理由繼續待在這裡啦。

於是我把放出去自由狩獵的高卡薩斯牠們叫回來了。

第18話◆吸引者

一段時間後……高卡薩斯與巴力西卜抱著大量的戰利品回來。

結果那四個人見到這情景，全部擺出了戰鬥架勢。

「大家小心！……那隻高卡薩斯和巴力西卜絕不尋常。」

「我聽說過高卡薩斯是甲蟲類魔物中最強的沒錯……但原來在自盡島的高卡薩斯甚至那麼氣勢嚇人嗎？」

「話說，那不是我們能夠應付的對手吧！照老樣子快逃啊！」

「……不，現在有那位人物在，或許待在這裡反而比較安全……」

看來他們四個人以為高卡薩斯和巴力西卜是這座島上的魔物了。

會那樣誤會也無可厚非吧。

雖然他們姑且都進入戰鬥狀態……但看起來並沒有要實際攻擊高卡薩斯和巴力西卜的跡象，所以我應該也不用急著說服他們。

如此判斷的我，決定先把那兩隻帶回來的戰利品收進收納魔法了。

『明明沒多久的時間，真虧你們可以打倒這麼多啊。』

『畢竟這裡到處都是魔物，我們見到一隻就打一隻啦。』

『先是「碰——！」然後「鏘——！」接著「轟磅——！」的感覺。』

我用精神感應搭話，結果牠們兩隻都心情愉悅地如此回應。

接著，牠們把各自帶回來的戰利品沉甸甸地推到我面前。

『話說……那幾個人類就是瓦里烏斯救活的傢伙嗎？』

正當我發動收納魔法的時候，高卡薩斯問起這樣的事情。

『是啊。我聽第一個復活的那個殭屍說他還有其他夥伴，就把那些夥伴都找出來，全部救活了。』

『原來如此。』

『然後啊，那些復活的人好像很擔心你們會攻擊的樣子……可以拜託你稍微用精神感應讓他們放鬆警戒嗎？』

畢竟剛好是提起那個話題的好機會，於是我如此拜託高卡薩斯。

因為高卡薩斯（如今巴力西卜應該也是）就算跟沒有締結從魔契約的人類，也能夠透過精神感應對話。

與其由我來說服普雷克斯他們，不如讓從魔直接向他們說明應該會比較有說服力吧。

『喂，你們。』

「噫！……是！」

被高卡薩斯搭話後……那位隊長雖然表現得有點害怕，但還是回應了。

『我乃高卡薩斯，是瓦里烏斯的從魔。』

高卡薩斯說著，用變身魔法變成十分之一的大小……停到我肩膀上。

巴力西卜也有樣學樣，停到我另一邊的肩膀。

『咱們——我和巴力西卜並沒有要加害你們的意思。畢竟你們是我主人救活的對象，我們沒有道理要殺害你們。』

高卡薩斯接著這麼表示。

聽到這段話，普雷克斯做出回應：

「從魔……？請問為什麼要收服什麼從魔？雖然身為賢者的瓦里烏斯大人或許可以辦到這種事……但我想不到那麼做的意義何在啊。」

……他什麼時候開始對我用敬語了啦？

算了，關於這點就先擱到一邊吧。

我想說這是個好機會，於是向他們四個人說明起自己真正的職業。

「我其實是一名馴魔師。雖然現在用魔法改變髮色，裝成一名賢者就是了。」

畢竟一直繼續假裝成賢者，也只會讓事態難有進展。

像上次對艾莉亞小姐她們的時候也一樣，我認為以值得信賴的對象們為中心，一點一點公開自己的真面目是很重要的事情。

我抱著這樣的想法如此說明後……那位隊長回應：

「改變……髮色？雖然你從剛才就一直讓我們見識到各種超越常識的東西，如今還懷疑你的講法也很奇怪，但那種事情真的可以辦到嗎？」

聽到她這麼說，我看向那四個人的表情……大家似乎都不太能夠接受的樣子。

……提到在這個星球上還不為人知的染髮或褪色魔法的事情，果然還是很難讓人無條件相信啊。

雖然我也可以從他們四個人之中挑一位染髮，實際做給他們看……但是才初次見面就擅自把對方的髮色改變掉，還是讓我在心理上有點抵抗。

我如此苦惱一段時間，最後想到了一個好點子。

「來，請你們看看我這裡。在金髮下面是不是有長出一點黑髮？這才是我真正的髮色。」

沒錯，我把自己的髮根部分秀給他們看了。

為了防止讓原本的髮色過於醒目，我定期都會把髮根的部分重新染色……但上次染色已經是大約一個禮拜前的事情。

所以現在我的髮根處會有兩到三公釐左右的部分沒有被染色。

「這、這是……我第一次見到這種狀況。」

「髮根處和其他部分的髮色居然不同，這種事情我從沒聽過……如果真的有魔法可以辦到這種事，那確實是染髮用的魔法啊。」

看到我的髮根後，包含隊長在內的兩名成員如此呢喃，另外兩人也露出終於接受的表情。

看來他們願意相信我了。

反正機會難得……我就趁現在把覺醒進化等等關於馴魔師的事情都告訴他們吧。

◇

「……原、原來如此。」

「將從魔大幅強化，進而分到經驗值使自己也大幅變強，是嗎？真是如夢般的方法啊。」

「憑藉龐大的魔力施展各種魔法，實質上與賢者無異……這也可以說明為什麼唯獨身體強化是完全不同的境界了。」

我花了幾分鐘的時間，向那四個人說明馴魔師真正的價值所在及其原理等等。

當然，畢竟我告訴他們這些事情的理由是，「希望他們幫忙宣傳關於馴魔師的一般理論」，因此並沒有提到關於重覺醒進化與神通力的部分。

他們四個人都很興致勃勃地聽我講解，今後肯定可以成為優秀的宣傳大使吧。

正當我這麼想的時候，高卡薩斯用精神感應對我說道：

『對了，瓦里烏斯。剛才我在狩獵的時候……看到很不可思議的景象喔。』

『怎樣的景象？』

『我原本準備打倒的魔物……不知被什麼東西給吸走了。』

高卡薩斯用感到奇怪的語氣這麼告訴我。

……魔物被吸走，是嗎？

雖然我可以想到幾個原因……不過既然是在自盡島上，**那傢伙們**的可能性就很高。

如果我這個猜想正確，便意味著可以一口氣獲得兩種不同的覺醒進化素材。

這下怎麼能不去看看呢。

用千里眼確認自己猜想的魔物沒錯之後，我便坐上筋斗雲朝那魔物的方向開始移動。

當然，復活的那四個人也跟著我一起行動。

順道一提，我的移動速度是配合「克努斯箭號希望」成員們的徒步速度。

畢竟剛才連續施展死者復生加上討伐不死生物，讓我消耗了相當多的體力、魔力與神通力。

在抵達下一個目的地之前，我希望先回復自己的力量。

由於考量到讓自己的回復時間，所以我才沒有選擇把小隊交給巴力西卜保護，自己先行前往現場之類的做法。

而且我肚子也餓了，於是從收納魔法拿出學校的餐點食用……就在這時，一隻魔物忽然現身襲擊我們一行人。

然而根本不用我做出指示，高卡薩斯就用一發魔法把那魔物打死了。

我接著降低筋斗雲的高度，準備回收魔物的屍體。

「好厲害……居然一招就擊敗了異瞳棕熊……」

「我們以前遭遇到的時候，光是到處逃竄就費盡力氣的說。」

「這就是覺醒進化的力量……既然擁有這樣的從魔，確實可以理解馴魔師是無敵強的啊……」

正當發動收納魔法的時候，我聽到了「克努斯箭號希望」的那四個人如此談論的聲音。

坦白講，異瞳棕熊如果在精銳學院附屬迷宮，只能算七十五到八十層等級的魔物而已……

由於牠左右眼睛不同色加上毛很漂亮，在前世被當成剝製標本的材料還頗有價值，但講白了也就只有這樣而已。

只不過是打倒這種魔物，根本稱不上展現了覺醒進化後的從魔真正的實力。

但畢竟他們似乎得出了「覺醒進化很有價值」的結論，我就別計較細節吧。

想著這種事情的同時，我再度提升筋斗雲的高度。

照這個速度，大概還要五個小時左右才會抵達目的地。

既然有這麼多時間，其實我可以用功念書一下，準備精銳學院的期末考……不過老實講，我現在沒那種心情。

反正我念到現在已經對期末考很有自信了，偶爾在筋斗雲上發發呆也不錯吧。

於是乎，我稍微放鬆心情，在筋斗雲上仰天躺下。

……軟綿綿的筋斗雲躺起來真的超舒服的。

一方面也因為剛吃飽的關係，總覺得要是放鬆過度就會不小心睡著。

我就這樣忍耐著最起碼的睡意……一路享受這個舒適的環境直到目的地了。

◇

大約過了五個小時後。

我們總算看到了目標的那兩隻魔物。

這五個小時過得實在很和平。

當然偶爾會有魔物來襲，但每次都會被高卡薩斯或巴力西卜一招解決掉。

我要做的事情頂多就是降低筋斗雲的高度，回收魔物的屍體而已。

「克努斯箭號希望」的那四個人每次都會發出驚訝的聲音……但老實講，一路上出現的魔物都不算很強，也沒讓我遇上什麼新的覺醒進化素材。

不過反正我接下來就能獲得兩種覺醒進化素材，要是再期待更多就太奢侈了。

那兩隻可以換成覺醒進化素材的強大魔物——金角與銀角已經近在眼前。

從現在開始，必須把注意力集中在敵人身上才行。

我這麼想著，並降低筋斗雲的高度回到地面，把它收進收納魔法中。

……結果就在這時，金角手上拿著一個葫蘆對我問道：

「喂，你叫什麼名字？」

……問人名字的時候應該自己先報上名字吧？

我雖然內心這麼想，不過並沒有把那感情寫到臉上，而是這麼回答：

「我叫瓦里烏斯。」

「這樣啊……瓦里烏斯！」

金角聽了我的名字後……大聲叫出那個名字。

對於那聲叫喚……**我保持沉默**。

「什……居然把名字告訴金角，究竟是在想什麼？」

「這樣會被吸進葫蘆的！」

從背後傳來「克努斯箭號希望」成員們心急的聲音。

看到我什麼話都不說的樣子，金角揚起嘴角賊笑。

下個瞬間……我感受到某種被拉向葫蘆的力量。

——金角的主要攻擊手段是「把獵物吸進葫蘆中」。

他用來攻擊的那個葫蘆，可以將叫了名字卻沒回應的人類或半徑五十公尺內叫了種族名稱的魔物吸入其中，然後用葫蘆裡的酸把獵物溶解。

簡單來說，金角是負責對付第一次遇上他們而什麼都不曉得的對手。

……雖然說，我是明知這點但為了某種目的故意中招的就是了。

幾秒後，我進到葫蘆的吸入口。

由於眼前頓時一片漆黑，我用魔法強化視力……便看到葫蘆底部積著看起來恐怖的液體。

那就是氟蓮華堂酸——無論多高等的魔物都照樣能溶解的世界最強酸。

當然，遠比金角高等的魔物在現實中會抵抗，不讓自己被葫蘆吸進去……不過我記得就理論上來說，即便是那樣強大的魔物也會被溶解。

總之，我要是直接觸碰到那個酸同樣會吃不消，因此我使出全力對自己全身施展結界魔法。

緊接著，我「撲通」一聲掉落到葫蘆底部。

與此同時，我感受到結界魔法一點一滴地開始被溶解。

……這結界頂多只能再撐三秒吧。

不過光是那樣就很足夠了。

我接著發動收納魔法——把積在葫蘆底部的液體全部吸了進去。

沒錯，這就是我的目的。

要是從金角手中把葫蘆搶走或是把金角討伐掉，氟蓮華堂酸就會當場消失。

如果想要在葫蘆外保有這個酸，就只能靠「被吸進葫蘆後發動收納魔法」這個手段了。

因此我才會抱著多少可能遇上危險的覺悟，使用了這個手段。

降落到已經空無一物的葫蘆底部之後，我用千里眼確認外面的狀況。

接下來我只要從葫蘆中逃出去就可以了。

本來就算能夠解決氟蓮華堂酸的問題，也還是無論怎麼掙扎都沒辦法逃出葫蘆，只有在裡面等死的份……但我可是有空間轉移這招。

我就轉移到金角眼前，用露娜金屬製的劍朝他腦袋一刺吧。

第20話◆金角與銀角

我從收納魔法拿出露娜金屬製的劍，架好姿勢……調整轉移後的位置讓劍的前端剛好可以在金角的左眼前，接著發動空間轉移。

「……啥？」

金角頓時露出不敢相信的表情，用力睜大眼睛。

……喂喂喂，那樣不是讓我更好刺了嗎？

於是我朝著金角變得更好瞄準的眼球——以最大限度發動身體強化，用注入大量神通力的劍一刺。

「嘎……」

金角雖然一瞬間準備大叫……但或許是劍貫穿到大腦處理痛覺的部分，他馬上又安靜下來。

接著，他便直接倒在地上了。

「什……你做什麼！」

就在這時……見到這一幕的銀角伸手指向我，氣憤大吼。

「混帳混帳混帳！居然殺了我的搭檔！我絕不讓你活著回去！」

怒上心頭的他準備朝我攻擊。

然而……高卡薩斯與巴力西卜從中阻撓。

『休想得逞。』

『沒錯。難得那麼強的對手，也讓我們享受一下嘛。』

……喂，巴力西卜，你那講法是暗指我「自己一個人獨占強敵太不公平了」的意思吧。

哎呀，畢竟如果不用像剛才那樣出其不意的方式，金角和銀角都不是我一個人能夠應付的對手，所以我很感謝牠們兩隻跳出來幫我打就是了。

正當我想著這種事情的同時……牠們兩隻默契十足地對銀角發動聯手攻勢。

不過……這次輔助攻擊和主力攻擊的角色對調了。

首先是高卡薩斯用牠的大顎夾住銀角快速旋轉，靠離心力把銀角甩了出去。

接著放出拘束魔法，讓銀角無法動彈。

隨後……巴力西卜對葫蘆發動魔法，結果銀角全身開始溶化，拚命掙扎起來。

我猜那恐怕是……巴力西卜讓葫蘆裡的氟蓮華堂酸從不具揮發性變化為具有揮發性的性質吧。

無論是葫蘆或氟蓮華堂酸，只要從銀角手中搶走就會瞬間消滅……不過只要透過這個方法，就能讓葫蘆留在銀角手中，避開那項缺點直接用酸攻擊銀角了。

巴力西卜還是老樣子，對毒物的用法超一流的。

雖然說，要是讓揮發的氟蓮華堂酸持續飄散在空中，會造成嚴重的環境汙染……但畢竟氟蓮華堂酸也具有「銀角一死亡就會消失」的特性。

再過幾秒鐘等銀角死後，氟蓮華堂酸想必也會跟著消滅吧。

儘管那樣讓人感到有點可惜，但既然銀角沒有叫我的名字，我本來就不可能回收他葫蘆裡的份嘛。

所以我就別太在意這點，靜觀事態發展吧。

如此這般，過了將近十秒鐘後。

銀角變得不再動彈……他周圍的植物和地面逐漸溶化的現象也隨之停止。

討伐完畢還真好懂啊。

我這麼想著，把銀角的屍體收進收納魔法。

同時……我從收納魔法拿出魔獸脆片。

『差不多是時候來吃魔獸脆片啦。』

聽到我這麼說……那兩隻便爭先恐後地來到我面前。

『我就等這一刻。』

『F〇〇kin’ delicious CHIPS!!』

牠們也不曉得是在表演什麼花式，在空中翻滾兩圈後……大吃起魔獸脆片。

見到牠們那樣子……「克努斯箭號希望」的隊長走過來對我問道：

「那就是……你說對任何魔物來講都是最高級餐點的魔獸脆片嗎？」

「沒錯……要不要直接問問看高卡薩斯呢？」

畢竟讓實際成為從魔的魔物作證會比較有說服力嘛。

如此想的便這麼建議隊長。

「那麼……」

隊長說著，轉朝高卡薩斯的方向。

『呃，高卡薩斯先生……聽說你是為了那個食物成為了從魔，這是真的嗎？』

『是啊……認識瓦里烏斯之前，對我來說「進食」只不過是狩獵之後身為贏家的自然行為……但這個脆片為我增加了「食慾」的概念。這就是這樣的食物。』

對於隊長的問題……高卡薩斯回答了這樣好像很深奧又好像不怎麼深奧的話。

「那真是……太厲害了。或許對馴魔師來說的關鍵在於覺醒進化沒錯……不過光是讓這個食物普及，就足以讓馴魔師的活躍程度有截然不同的改變喔？」

問完高卡薩斯之後，隊長又轉回我的方向繼續說道：

「是說，這食物要如何得手呢？」

「這個用麒麟薯就可以做出來了。雖然前提是要把麒麟召喚出來啦。」

「其林……？那是什麼……？」

他們果然不曉得麒麟啊。畢竟很長一段時間都在這座島上當殭屍，這也不能怪他們吧。

不過他們似乎對魔獸脆片產生了興趣……那也是當然的。

因為只要學會用魔獸脆片馴服，理論上馴魔師就能夠馴服實力超過自己的魔物了。

至今為止，我是因為覺得自己有這麼多事情必須做，如果還要處理麒麟薯的流通也太過勉強，所以才沒有著手進行……但如果「克努斯箭號希望」的成員們願意提供協助，這方面的問題就能獲得解決了。

另外假使那些成員之中，有人因為在自盡島上的恐怖經歷而暫時沒辦法從事冒險者工作……或許也可以把農耕知識傳授給那個人，請那個人幫忙擴大農園規模。

就這樣，我對於魔獸脆片的普及計畫也一點一滴開始思考起來了。

等高卡薩斯和巴力西卜把魔獸脆片吃完後……我決定把金角跟銀角的屍體交換成覺醒進化素材了。

因此我把金角和銀角的屍體集中到一處，並詠唱起固定的魔法：

「麒麟啊，現身我眼前……進行一場互惠互利的交易吧。」

於是麒麟一如往常地現身……我便開始交易。

『汝所求之物，是覺醒進化素材，還是增味劑？』

『是覺醒進化素材。素材已經放在那裡了。』

『這樣啊。』

對於我的指示，麒麟如此回應後……對金角與銀角的屍體開始吹氣。

幾十秒後，那兩具屍體便被置換為覺醒進化素材了。

這次獲得的是【潤滑】與【控制】的覺醒進化素材。

總算湊齊一半了。我這麼想著，並且把那兩個覺醒進化素材收起來。

緊接著。

「剛……剛才究竟發生了什麼事……」

見到麒麟召喚的隊長瞪大眼睛如此呢喃。

「這就是麒麟召喚。剛才我不是說明過了嗎？」

「呃，雖然聽過說明後腦袋是可以理解……但實際看到，還是會讓人目瞪口呆啊……」

隊長臉上帶著依然還沒辦法理解狀況似的表情，盯著覺醒進化素材。

就在這時後……我對站在隊長身後的小隊成員之中的一個人說道：

「泰瑞恩先生，請你過來一下。」

我如此搭話的對象，是小隊中唯一的金髮——也就是賢者泰瑞恩。

「我現在把詠唱咒語寫下來，請你試著詠唱，把麒麟召喚出來。」

我說著，從收納魔法拿出筆記道具，寫下詠唱咒語。

「把麒麟召喚出來……是指剛才那個魔法對吧？我不認為那種魔法可以那麼簡單就發動啊……」

「這是詠唱魔法，沒有什麼簡不簡單的問題吧。只要詠唱出來就可以了。」

「是這樣沒錯啦……」

如此交談的同時，我把寫好的詠唱咒語交給泰瑞恩。

「我看看喔……麒麟啊，現身我眼前……進行一場互惠互利的交易吧。」

他這麼詠唱後……麒麟又再度現身了。

「……哇哇！腦中忽然有聲音……我該怎麼做？」

大概是受到麒麟詢問的泰瑞恩趕緊向我求救。

「請你在腦中默念『是增味劑』。」

「了解……」

這麼告訴他後過了幾秒鐘。

空間中的一個點出現了投入魔物屍體用的扭曲現象。

……看來他成功了。

於是我從收納魔法拿出一部分高卡薩斯牠們狩獵回來的魔物屍體放到地上，並說道：

「泰瑞恩先生，請你把這個丟進那個扭曲的空間。」

泰瑞恩照我所說，把魔物屍體丟進了扭曲空間中。

接著不久後……麒麟便留下裝有增味劑的瓶子離開了。

「這就是麒麟召喚，以及藉此交易增味劑的方法。如果不介意……我希望你可以幫忙我將這些技術宣傳給馴魔師們知道。」

我對愣在原地的泰瑞恩如此表示。

畢竟賢者也可以使用除了覺醒進化魔法以外的馴魔師職業魔法。

在我忙著處理朱雀相關問題的期間，希望他可以幫我多多少少普及這項魔法。

我就是抱著這樣的想法，把這個魔法傳授給泰瑞恩的。

「……好。既然是瓦里烏斯先生的拜託，我當然願意幫忙。」

泰瑞恩一臉還無法相信自己做了什麼事情似地這麼回應。

就在我把剛交換來的增味劑收起來的時候……在一旁看著我們的隊長向我商量起一件事情：

「呃……瓦里烏斯大人，我們想要拜託你一件事情。」

「什麼事？」

「那個……或許你還想繼續留在這裡討伐魔物……但如果你方便，是否可以幫忙我們離開這座島回去呢？」

看來他們四個人已經不想繼續留在自盡島上的樣子。

「可以啊。或者說，我們一起回去吧。」

我二話不說就答應了他們的請求。

畢竟我本來就沒有打算在這裡一次逗留太久。

目前還不曉得朱雀何時會有行動，所以我有考慮要定期回去梅爾克爾斯一趟。

而且現在期末考也近了。

雖然我才剛來到這裡，不過這時機也剛好算是有回去一趟的理由。

「真……真的嗎？總覺得對你不太好意思……但如果你願意跟我們一起回去，那真是太可靠了。務必拜託你。」

聽到我的回答，那四個人的表情都頓時變得無比開心。

看來他們……真的對自盡島感到非常厭煩了。

然而這時我注意到有個問題必須解決。

那就是讓他們四個人回去的手段。

「克努斯箭號希望」的成員們沒有辦法坐我的筋斗雲。

但是如果慢慢等他們徒步走到自盡島的海岸，我會趕不上期末考。

而且他們當初來這裡時坐的船想必已經不見了，所以也沒有渡海的手段。

也就是說，照現在的狀況就算想回去也沒辦法回去。

好啦，這下該怎麼辦？

認為光是在腦袋裡思考也得不出結論的我，決定先坐著筋斗雲到上空俯瞰自盡島。

因為我想說或許可以用島上收集到的材料製作什麼移動工具。

於是我朝三百六十度全方位仔細觀察。

結果……我找到一個地方，應該可以獲得剛剛好能夠製作移動用工具的材料。

有一片樹林，以大約近似於人類徒步的速度在移動。
就把那裡設定為明天的目的地吧。
如此決定後，我便準備就寢了。

第22話◆砍伐緩樹

隔天早上。

我餵高卡薩斯與巴力西卜吃魔獸脆片，並且把學校餐食分給「克努斯箭號希望」的成員們，同時向他們說明今天的目的地。

「今天等一下要去討伐樹精喔。」

我說著，伸手指向昨天看到那片「會動的樹林」的方向。

然而那些成員們聽到我這句話，當場靜止一瞬間……把口中的食物「咕嚕」一聲吞下去後，戰戰兢兢向我問道：

「樹……樹精……」

「真……真的要去討伐那種東西？」

「昨天不是說過要從自盡島回去嗎！」

「我們這次……搞不好真的會沒命了……」

看來他們四位對於前往討伐樹精的事情抱有抵抗的樣子。

但是……也不能不去啊。

「昨天確實說過要回去了……可是我想你們的船應該已經不在這附近了喔？因此看是要造船還是怎樣，總得準備什麼渡海的手段吧？」

「可、可是……」

「再說，樹精並沒有像昨天的金角和銀角那麼強。所以打起來很安全的。」

「總、總覺得這安全的基準好像很奇怪……哎呀，如今也見怪不怪了吧。」

經過我不斷說服……讓他們四位總算勉強接受了。

我想他們對於樹精，恐怕是抱著類似「對於沒見過的強敵產生過度恐懼」的心理。

所以我才會拿金角銀角來比較，保證戰鬥的安全性……而這招似乎奏效了。

看到他們露出多少放心的表情，於是我開始移動。

……其實我用千里眼事先調查的結果發現，現在準備前往的地方除了樹精之外，還有一種叫「生命樹哥雷姆」的魔物混在其中，強度是至今從未遇過的等級。不過……

畢竟生命樹哥雷姆可以交換成我還沒到手的覺醒進化素材，我無論如何都想打倒牠。因此這件事就別跟那四個人說吧。

◇

過了幾個小時……我們來到用肉眼就能看見樹精群的地方。

『高卡薩斯，拜託你啦。這次要把屍體當成建造材料，所以你可別用魔法打倒喔。』

我如此指示，將高卡薩斯送到樹精群中。

高卡薩斯接著用大顎夾住樹群中的一隻樹精……靠牠引以為傲的蠻力直接把樹精折斷了。

『這樣可以嗎？』

牠把剛打倒的樹精朝我的方向扔過來。

『可以。就拜託你接下來也像這樣打倒囉。』

我透過身體強化接住高卡薩斯丟過來的樹精屍體，並如此回應。

……好啦，我的工作是必須利用這個木材建造一艘船才行。

於是我首先用「如是切。如是斷。本末究竟等。」把樹精的屍體切割成長方體的形狀。

把高卡薩斯討伐的樹精接住，然後加工成長方體。

同樣的作業反覆幾十次後……收集到的木材已經足夠建造一艘船了，因此我進入下一個程序。

我同樣又詠唱了好幾次「如是切。如是斷。本末究竟等。」的魔法。

這次是用這個魔法把長方體的木材前端加工。

「瓦里烏斯大人……你這是在做什麼？」

就在我進行著作業的時候，普雷克斯感到好奇地如此詢問。

「我在製作突起部分，這樣光是把木材互相組合就可以造出一艘船了。」

「把木材互相組合造船……？」

普雷克斯聽到我的回答，臉上露出更加難以理解的表情。

沒錯。

我這次打算用木組的方式完成一艘船。

若使用這個方法，造船的過程中就不需要木材以外的材料。

因此跟其他任何工法相比，都能更快把船建造完成。

雖然說如果要用鋸子之類的工具對木材的連結部分加工，需要非常熟練的技術才行……但「如是切。如是斷。本末究竟等。」只要在腦中想像斷面的形狀並發動，就能重現出理想的切口了。

多虧這個魔法，讓外行人也能夠建造完美的木組成品。

木材加工結束後，我發動身體強化，把巨大的木材一根接一根互相組合起來。
這是全流程中最簡單的作業，不到五分鐘就可以大致看出船的整體樣貌了。
「什……難道船已經快完成了嗎？明明剛剛才開始作業的說……」
「木組，很方便吧？」
「呃，到這境界我覺得應該已經不是方不方便的問題了……」
我一邊和普雷克斯如此交談，一邊繼續組裝。
組裝結束之後……我開始進行最後的完工步驟。
我對船身發動不完全的死者復生……接著又自己擾亂神通力的操作，強制結束發動。
這讓化為木材的樹精細胞只有短暫一瞬間活化……使船身表面滲出些許的樹汁。
等這些樹汁乾掉之後，就會變得完全不透水。
如此一來，漏水對策也完美無缺了。
雖然說以理想的切斷面進行木組的話，構造上本來就應該不會漏水就是了。
我只是想說為了保險起見，多加了一道對策。
這下結束了所有作業程序。
船完成了。
就在這時……

地面突然劇烈搖晃起來。

「……終於來啦。」

猜想到這個震動的元凶為何的我忍不住露出笑臉。

然後為了不要讓船被震壞，暫時把它收進收納魔法中。

根本用不著我去尋找，生命樹哥雷姆就自己上門了。

這讓我省下一個麻煩啦。

就把這當作是此次訪問自盡島的最後一場戰鬥吧。

我如此想著，用探測魔法找出生命樹哥雷姆過來的方向，並做好了戰鬥準備。

「這……這地震是？」

「感覺好像有什麼誇張的傢伙要登場了……」

「這絕對跟之前遇過的魔物是完全不同等級啊！」

逐漸變強的地震讓那四個人嚇得縮在一起。

「不用擔心。只要交給牠們就行了。」

相對地，高卡薩斯與巴力西卜則是對於和強敵的戰鬥表現得躍躍欲試……於是我指著牠們，對那四個人如此說道。

反正如果真的遇上什麼萬一的狀況，我還有氟蓮華堂酸這個最終絕招。

所以不管怎樣，那四個人絕對不會受到什麼傷害。

我想著這種事情並等待一段時間後，生命樹哥雷姆接近到了用肉眼就能看見的距離。

包含前世在內，每次和這魔物交手的時候我都忍不住覺得……那樣圓滾滾胖嘟嘟的巨大身體用有如反覆側跳世界紀錄保持人的輕盈腳步逼近而來的景象，看起來實在有夠滑稽的。

『對了，這個傢伙可以盡情用魔法打倒沒關係喔。』

『了解。』

『那我也要上！』

我為了保險起見，提醒牠們兩隻可以解禁魔法後……高卡薩斯和巴力西卜都很有精神地回應，並飛向生命樹哥雷姆。

接著，一如往常的犀利聯手攻勢開幕了。

首先是巴力西卜放出魔法讓生命樹哥雷姆的樹汁變質。

結果生命樹哥雷姆的動作就忽然變得遲鈍下來。

……我想那個應該是讓樹汁的摩擦係數大幅提升的魔法吧。

生命樹哥雷姆是藉由分泌樹汁扮演潤滑劑的角色，讓明明是哥雷姆的牠卻能做出敏捷的動作。

然而一旦那重要的樹汁變質，原本的優勢就會消失了。

這可說是身為化學變化天才的巴力西卜才能辦到的事情。

巴力西卜的魔法阻礙了生命樹哥雷姆的行動之後，接著換成高卡薩斯上場攻擊。

牠飛到生命樹哥雷姆上方的位置……朝正下方放出巨大的暗黑魔球。

害。

暗黑魔球擊中敵人後，化為聳立的暗黑柱……隨著隆隆的聲響持續給予敵人傷害。

等了大約三分鐘，暗黑魔球的魔法效果總算消失。於是我靠近一瞧……那裡只剩下生命樹哥雷姆四分五裂的悽慘屍體了。

「這……這就是高卡薩斯的真本事……」

「好恐怖……早知道就不看了……」

「克努斯箭號希望」的成員們見到那模樣，紛紛說出這樣的感想。

……姑且不談這是不是高卡薩斯的真本事，這屍體的樣貌確實看起來絕對不會讓人覺得多舒服。

因此我決定快點把屍體變換成覺醒進化素材了。

召喚麒麟，透過精神感應交易。

一連串的固定流程結束後……屍體便換成了【組合】的覺醒進化素材。

「那麼我們啟程回去吧。」

我向那四位如此說道……並且發動收納魔法，把覺醒進化素材收進去的同時，拿出剛才造的船。

「請坐到這上面。」

「呃……從這裡就要上船了嗎？」

「是的。我會叫高卡薩斯將各位運到海岸。」

我和隊長如此對話，請那四位坐到船上。

假如從這裡一路到梅爾克爾斯全程都叫高卡薩斯運送，對牠來說，負擔會很大。

不過如果只是從這裡到海岸，然後從距離梅爾克爾斯最近的海岸到公會……應該沒問題吧。

『回去後我會讓你多吃點魔獸脆片，所以拜託你囉？』

『了解。既然這樣，我就全力搬運吧。』

如此這般，高卡薩斯也欣然同意我的提案，用大顎夾住船身飛了起來……於是我也坐上筋斗雲跟在後面。

就這樣持續飛了三十分鐘左右，看到了自盡島的海岸。

來到海岸上空後，高卡薩斯降低高度……把載著四個人的船輕輕放到水面上。

「那麼從這裡開始換成用牽引的囉。」

我從收納魔法拿出一條繩索……一端綁在筋斗雲上，另一端綁住船頭。

順道一提，這條繩索是我前世當成戶外活動道具之一，隨時帶在身上的東西。

完成筋斗雲和船之間的連結後，我便讓筋斗雲朝著梅爾克爾斯的方向開始移動。

由於拖著頗有重量的東西，加速多少變得比平常來得慢……但過了一段時間後，還是達到了相當的速度。

「這是什麼移動方法……！」

「好、好快啊！」

隨著速度加快……從船上可以聽到普雷克斯與泰瑞恩有點興奮的聲音。

其實這要說快嘛……跟平常筋斗雲的全速相比起來，也只有大約六成多的速度而已。

不過畢竟這次是過中午後出發的，因此明天早上應該可以順利抵達距離梅爾克爾斯最近的海港吧。

就這樣，接下來到回去之前也沒啥事情好做……吃完飯後我就發個呆然後睡覺吧。

如此決定後，我從收納魔法拿出了學校的餐食。

◇

隔天早晨。

船上成員們大叫「看到港口了！」的聲音讓我睜開了眼睛。

起身一瞧，我們確實已經回到了可以用肉眼看見港口的距離，因此我放慢筋斗雲的速度。

上。

接著解開相連的繩索……再度讓高卡薩斯搬運船，而我跟在牠的後面。

目的地自然不用說，就是梅爾克爾斯的冒險者公會。

就這樣又飛了大約半個小時，我們抵達公會上空，於是我讓船著陸在附近的廣場上。

請那四個人下船後，我把船收起來……交代高卡薩斯和巴力西卜坐筋斗雲到公會上空待命，然後跟那四個人一起走向公會。

來到公會前，我看到公會入口打開，似乎營業時間剛好開始的樣子……因此我們進入公會，排到櫃檯前。

「我是瓦里烏斯。我平安從自盡島回來了。」

我說著，把公會證拿給櫃檯小姐看。

可是……不知道為什麼，櫃檯小姐完全不看我。

或者應該說，她目不轉睛地盯著跟我一起來的那四個人。

「呃……騙人的吧……瓦、瓦里烏斯先生，這小隊究竟是……？」

櫃檯小姐這麼一說……就當場癱到地上了。

「『克努斯箭號希望』回來了是真的嗎！」

一段時間後……大概是為了代替昏倒的櫃檯小姐，一名我沒見過的初老男性從公會深處的房間跑了出來。

仔細看看，那男性的胸前別有一個很特別的徽章。

……那徽章，我好像在哪裡見過。

印象中是在學生手冊的哪一頁。

這位男性該不會……

「請問您就是公會會長嗎？」

如果記得沒錯應該是這樣，於是我試著如此詢問。

「沒錯，老夫正是梅爾克爾斯冒險者公會的會長——狄恩。」

對於我的問題，那位男性這麼回答。

他又接著說道：

「你……聽說是跟『克努斯箭號希望』小隊一起來到公會的，究竟是怎麼一回事？」

表情難掩混亂的公會會長看看我又看看那四個人。

結果在我還沒開口之前，隊長就先回答：

「我們原本被困徘徊於自盡島上，是瓦里烏斯大人救了我們。」

接在隊長之後，其他三個人又補充說明：

「要是沒有瓦里烏斯大人，我們想必沒辦法從自盡島活著回來。」

「即使是我們完全無從對付的魔物們，他也能輕鬆打倒。」

「包含藍鳳凰在內，他就算面對有如天災般的不知名魔物也只會視作素材。那簡直是教人難以置信，既恐怖卻又讓人感到可靠的景象……」

藍鳳凰？

……哦哦，印象中在前往討伐金角銀角的路上，我好像也打倒了一隻變異種的靛青鳳凰。

恐怕是他們認錯魔物了吧。

正當我想著這件事的時候，這次又換成公會會長開口說道：

「藍鳳凰……哦哦，這件事老夫也有耳聞。據說這位叫瓦里烏斯的男子之前想要把藍鳳凰賣給公會，聲稱那是自己前往討伐海克力斯的路上順便打倒的魔物。」

「該怎麼說呢……明明應該是非常荒唐誇張的事情，聽起來卻完全不覺得奇怪。難道我的心已經麻痺了嗎……」

聽到公會會長的發言，隊長不知道為什麼嘆著氣如此表示。

……啊～這是在講之前組臨時小隊時的事情啊。

那時候是因為我提出很多任性的要求，所以想說要補償隊友些什麼嘛。

就在我如此回憶著往事的時候，公會會長用一臉複雜的表情快快處理了幾份文件……接著看向我的眼睛開口說道：

「呃～瓦里烏斯……畢竟這是前所未聞的案例，必須向各處相關機構進行對應之後才有辦法確定……不過老夫想你可能會受到某些特別措施。」

……特別措施？

聽到這句話，我莫名感到有點不安。

「你說特別措施……請問是怎樣的內容呢？」

我有點害怕地如此詢問。

結果得到的回答是這樣：

「讓老夫想想。首先……你應該會被認定為S級冒險者。」

……有那種級別嗎？

無論是學生手冊或公會給我的資料中都沒有提到這樣的制度，讓我不禁感到困惑。

然而……「克努斯箭號希望」成員們的反應就不同了。

「什……那個自從公會創設以來，從沒使用過的等級難道要被開放了？」

普雷克斯對公會會長如此問道。

……S級原來是那麼誇張的制度啊。

既然這樣，那確實不是會寫在一般說明資料上的內容，我當然也就不會知道了。

但話說回來，只不過是把一個A級小隊帶回來而已，真的會獲得那樣足以改變歷史的待遇嗎？

像我使用了死者復生的事情，公會會長應該無從知道才對……

就在我如此感到疑惑的時候，公會會長又說出了更讓人驚訝的發言：

「另外，你近日內應該會謁見國王。」

……啥？

這件事情究竟要滾到多大啊？

「呃……把A級小隊從自盡島帶回來，是那麼誇張的事情嗎？」

覺得再怎麼說都很奇怪的我如此詢問。

「『克努斯箭號希望』可是二十年前被認為殉職於自盡島，當時國內最強的傳說A級小隊啊。而你這次讓那樣被大家以為已經不在的傳說又復活了，這之中究竟帶有多

第25話◆賢者與贈送了從魔的女孩

我離開公會後，回到久違的老家……到了隔天，我把出發前往自盡島之前沒有採收完的麒麟薯，全部採收起來了。

不過這並不是因為魔獸脆片又吃光的緣故。

為了讓泰瑞恩幫忙普及麒麟召喚魔法……我想說應該交給他一定量的麒麟薯比較好，所以才採收了必要的分量。

採收結束後，一方面也由於爸媽為了很久沒回家的我準備了豪華的料理，因此我在老家又過了一晚。

然後到隔天早上，我為了和泰瑞恩見面而回到梅爾克爾斯。

來到「克努斯箭號希望」成員們寄宿的旅店後，我告知泰瑞恩我把麒麟薯採收回來的事情。

接著就在我準備把收納魔法中的麒麟薯交給他的時候……他講出了這樣一句話：

「話說……有件事情我從之前就感到有點在意，可以討論一下嗎？」

「什麼事情？」

「關於召喚麒麟的魔法……身為賢者的我單獨去宣傳『這是對馴魔師很有用的魔法』總覺得會有點缺乏說服力。教導魔法的部分由我來負責是沒問題，不過為了增加說服力，如果有哪位平常實際在召喚麒麟的馴魔師，我希望可以和那個人一同進行傳教活動……所以怎麼說呢，請問瓦里烏斯先生有沒有什麼徒弟之類的？」

泰瑞恩在意的是這樣的事情。

「徒弟嗎。呃……」

說到這邊，我把手放到額頭上陷入沉思。

我連自己的戰力都還沒湊齊，根本不可能收什麼徒弟。

……然而雖然不是徒弟，我倒是可以想到一個人物或許能夠解決泰瑞恩的煩惱。只不過對方畢竟年紀還小，或許很難現在立刻提供協助……但反正要見面很簡單，就去講講看吧。

「……雖然不是我的徒弟，不過我想到一位馴魔師符合泰瑞恩先生的需求。要不要去跟對方講講看呢？」

「哦哦，有這樣的人物啊。那麼務必讓我見個面。」

於是乎……我們決定遞交完麒麟薯之後，由我帶泰瑞恩去拜訪某間宅邸了。

將麒麟薯從我的收納魔法移交到泰瑞恩的收納魔法後，我便利用空間轉移來到了一棟以前來過的屋子門前。

門鈴在哪裡呢……

我如此想著，觀察房子的整體樣貌……結果看到一位熟悉的冒險者正在庭院澆花。

「艾莉亞小姐，好久不見了。」

「嗯，咦……瓦里烏斯先生？你從自盡島回來了呀？」

沒錯……我帶泰瑞恩來到的正是艾莉亞小姐的家。

雖然說今天我要找的人不是她，而是她那位收養海克力斯為從魔的妹妹就是了。

艾莉亞小姐接著……一看到站在我旁邊的人物，表情當場僵硬。

「該、該、該不會……你身邊的這位人物，難道是賢者泰瑞恩大人嗎……！」

「妳居然會知道呢。」

「什麼叫我居然會知道呀！泰瑞恩大人可是所有冒險者崇拜的傳說小隊『克努斯箭號希望』的一員喔？瓦里烏斯先生，你的人脈究竟廣到什麼程度呀！」

那個小隊應該在艾莉亞小姐還沒懂事之前就已經殉職了……原來到現在依然是所有冒險者崇拜的目標，真是厲害。

我想著這種事情的同時，姑且向艾莉亞小姐說明我們認識的經過：

「我只是在自盡島上找到了優秀的人才。」

「從古到今乃至未來，會把那座自盡島當成人才挖掘場所的，大概也只有瓦里烏斯先生了吧……」

「哈哈哈，總之簡單來講就是一場偶然啦。」

我如此說著，轉向背後……看到泰瑞恩不知道為什麼低著頭。

「……你怎麼了嗎？」

「呃不，該怎麼說，什麼傳說的小隊啦，崇拜的對象啦，這些話現在聽起來讓我覺得超丟臉的……」

……

嗯，總之，我們進入正題吧。

於是我把頭轉回艾莉亞小姐的方向，提出我們的來意：

「話說回來……其實我們今天來是想找妳妹妹商量一點事情。她現在方便嗎？」

「啊，你說菲娜嗎？她在家裡面喔。站在這裡也不好講話，兩位請進吧……」

就這樣，我們來到屋內的會客室交談。

「好久不見，妳和海克力斯相處得好嗎？」

「一～點問題都沒有！」

在會客室，我向艾莉亞小姐的妹妹——菲娜詢問後，她便摸著變成十分之一大小停在她肩上的海克力斯這麼回應。

「那太好了。妳應該也有叫麒麟出來吧？」

「嗯！我幾乎每天都會把牠叫來喔～」

「每天、啊……」

我猜……大概是因為菲娜的收納魔法容量還不多，所以海克力斯狩獵回來的魔物沒地方可以放吧。

總覺得開場白聊得太冗長也沒意義，因此我決定快快切入正題。

「我們今天來……是有點事情想拜託妳。關於詳細的內容，這位大哥哥會跟妳說明。」

「妳好～我是泰瑞恩大哥哥喔～」

我交棒給泰瑞恩後……他頓時笑容滿面地這麼自我介紹。

……你也沒必要勉強自己裝出那種像前世的幼教節目大哥哥一樣的講話方式吧？

「我想拜託妳的事情就是……」

言歸正傳，泰瑞恩如此起頭後……淺顯易懂地說明起他在我的拜託下決定幫忙宣傳教育關於馴魔師的各種知識技術，而為此希望有個人當範本，所以今天來尋求菲娜協助等等的事情。

就這樣討論了大約三十分鐘。

「簡單來說……我只要在泰瑞恩哥哥教別人東西的時候，實際表演把麒麟叫出來

或是餵海克力斯吃飯就可以了嗎？」

「嗯，大致上就是那樣的感覺。」

「如果只是那樣，沒問題喔～」

看來……這次的商量似乎往好的方向得出一個結論了。

「泰瑞恩先生，這樣你還有其他擔心的事情嗎？」

「已經沒問題了。救命恩人賦予的這項重大使命，我會全力以赴。」

他願意說到這種程度……實在讓人感到無比可靠。

於是我抱著安心的心情，離開了艾莉亞小姐的家。

後來又過了幾天……精銳學院期末考第一天終於到來了。

從自盡島回來之後，我除了確認朱雀還沒有行動之外，也很努力在準備考試。無論哪個科目的教科書，我都反覆讀到可以把章節例題的答案全部默背出來的程度。

另外也有透過千里眼確認公告考試範圍的布告欄，確定自己沒有漏讀什麼範圍。考試準備可說是萬全無缺。

剩下只要在考試時集中精神，發揮自己的最佳表現就行了。

正當我想著這些事情，走向教室的時候……沒想到居然在走廊遇上了站在那裡埋伏我的**那傢伙**。

「我說你噢！不要每次都忽然消失不見，偶爾也堂堂正正跟我分個勝負呀！這次我們用期末考的成績一較高下！」

……糟糕。

我完全忘記在學校有這傢伙了。

明明現在應該是要專心於考試的時候。她這樣簡直是找人麻煩啊。

精銳學院二年級的首席居然是這種傢伙，真的沒問題嗎？根本連模範生的「模」字都稱不上嘛。

話說這傢伙明明跟我不同學年，考試內容也不一樣，究竟是想拿什麼當基準一較高下啦？

要是GPA（成績評價指標）一樣，她總不會想跟我硬拗說「二年級的內容比較難……」之類的吧？

算了，沒差。

反正跟我沒有關係。

我這麼想著，發動千里眼，在自己的教室中尋找適合的轉移目的地。

當逃避對決的行為受到嘲笑的時候，最不可取的反應就是接受對方的挑釁。

畢竟做那種事情只會讓對方高興而已。

真正能造成最大打擊的並不是讓對方輸得體無完膚，而是徹頭徹尾不理會對方。

因此該做的事情只有一個。

我發動空間轉移，第一次在這所學院的教室坐上了座位。

◇

大部分科目的考試內容都沒有什麼值得特別一提的東西。

雖然有些重點也許只有在上課時解說而沒有寫在教科書上，所以偶爾會出現幾題我幾乎是第一次看到的題目……不過那些只要把我上輩子在學校學過的東西加以組合思考，就能得出答案。

為了避免有粗心犯錯的部分，我最少都會檢查兩遍，有些科目甚至檢查到五遍……應該所有科目都能拿到將近滿分的成績吧。

就這樣，我一路順利地完成各科考試……總算到了最後一天的最後一科——魔術理論基礎的考試時間。

「那麼……開始作答！」

在監考老師一聲宣告下，包含我在內的所有學生都翻開題目卷。

然後我依序解答是非題與問答題……到最後，出現了這樣一個題目：

「選擇一個魔法，自由申論其原理、發動方法、消費魔力與用途等。魔法可任意選擇。」

我記得這個科目的布告欄上有寫說「會出一題自由申論題」……恐怕就是指這題

吧。

有沒有什麼適合寫在這裡的魔法呢？

除了這題以外的題目全都爆速解完，剩下充分時間的我，決定稍微細思要選擇什麼魔法了。

就在這時……

「老師。」

從後面的座位傳來班上同學請監考老師過去的聲音。

於是監考老師立刻朝這裡走過來……通過我的眼前。

這位老師是個相當有年紀的大嬸。

臉上的皺紋也開始增加，想必是有點難受的時期吧。

如果能用魔法保養一下，她的肌膚其實可以稍微再漂亮一點……等等喔？就是這個！

監考老師的肌膚狀態讓我想到了一個好點子。

我只要針對既有的一種除皺又防紋、讓人保持光滑肌膚的魔法「消紋平皺」進行論述就可以了嘛。

消紋平皺是一項詠唱魔法。

換言之，只要我把詠唱咒語寫在答案中，這位監考老師就能自己發動消紋平皺了。

拿這樣的魔法來論述……運氣好一點，搞不好可以拿到追加分數呢。

於是我在答案卷上寫下這個魔法的詠唱咒語、消費魔力、最佳使用頻率等等內容。

另外又順便加入「這個魔法是『克努斯箭號希望』小隊的隊長開發出來的美容魔法」這樣一段文字。

當然，這部分是我亂講的。

消紋平皺是我前世就存在的魔法，但那位隊長想必不可能知道。

不過要讓我寫的事情成真其實也很容易。

因為我可以肯定這個世界還沒有人知道這項魔法。

消紋平皺只要使用得正確，可以到往生前都保持二十多歲的肌膚年齡。

這樣的詠唱咒語一旦被發現，絕對會馬上傳遍全國，成為女性間爆紅的魔法……如果這個魔法真的已經被發現，街上就應該不會看到光從外表便能判斷已經年邁的老人才對。

而包含隊長在內，在自盡島上化為殭屍的那四個人，在當殭屍的那段期間都完全沒有老化。

因此他們現在的外觀，依然保持著二十年前還是活生生的傳說人物時的樣子。

只要將這個魔法說成是他們開發出來的，人們肯定也比較容易接受吧。

在國內正式發表他們復活的事情之前，我再去跟他們見個面……告訴他們這個魔法後，他們要向人解釋自己外觀的時候也能比較輕鬆，可說是好處多多。

我就這樣抱著舒暢的心情把答案寫完後，為了保證可以拿到高分，開始反覆檢查。

◇

三天後。

期末考成績與學分取得與否的公告日到來了。

昨天我順利見到「克努斯箭號希望」的成員們，傳授了消紋平皺的魔法。

他們大概是對於向家族親屬們說明原委已經感到疲累的關係，還感謝我說「這下可以稍微比較輕鬆了」……所以那方面應該不需要再擔心吧。

因此今天我可以心無罣礙地期待考試成績了。

「我好像沒見過你啊。」

等待一會後，班導這麼說著，把成績單交給我。

仔細一看……我每個科目的成績都是四階段評分中的最高評分四，然後ＧＰＡ也是最高值的四・〇〇。

我不禁在內心叫好，靜待班會時間結束。

然後當我離開教室，走在走廊上的時候，不經意看到一個布告欄。

「成績上位者一覽」

那個布告欄上寫有這樣的大字……底下根據全科目平均分數排名列出了十名學生的名字與考試成績。

畢竟我全科目的評分都是四，搞不好我的名字有列在上面喔。

我這麼想著，眺望那份名單……結果沒想到我的名字居然就在最上面。

「第一名　瓦里烏斯　一〇一・二五分」

……我記得考試成績的滿分是一百分吧？

到底是怎麼樣可以變成那種分數啊？

我抱著既開心又感到奇怪的心情，離開布告欄前。

就在這時……魔術理論基礎考試時的那位監考老師經過我眼前。

仔細一看……大概是消紋平皺的效果開始發揮的緣故，她臉上的皺紋減少，外表上看起來稍微比較年輕。

心情似乎很愉悅的她，踏著輕盈的腳步離去。

看到那一幕，我得到了確信。

那個人……應該是因為太過高興，給了我追加分數吧。

在這所學院通常是監考老師＝評分老師……因此這可說是最有可能性的推測。

我猜出自己之所以會得到滿分以上成績的理由，心情感到非常滿足。

考試期間放任自由行動的高卡薩斯牠們，應該已經回來在學院上空待命……我也差不多是時候靠空間轉移離開學院了吧。

就在我這麼想的時候，從背後忽然傳來尖銳的大叫聲：

「平均一〇一．二五分是什麼啦！我明明全部科目都拿到滿分了，為什麼還是得輸呀！」

第26話◆銀河鐵道

隔天。

這學期的成績已經出來，順利進入暑假的我，又開始專心收集覺醒進化素材了。

這次的目的地是位於王都附近的某座迷宮。

之所以不是去自盡島而是去迷宮，有兩個理由。

首先第一個理由是，我得知了王都附近那座迷宮的頭目，是可以交換成【結構】覺醒進化素材的魔物。

這是我在自盡島上與「克努斯箭號希望」的成員們相處的過程中，普雷克斯告訴我的消息。

當然，普雷克斯本身並沒有攻略到頭目階層……不過從他描述各階層魔物的出現規則來推想，那個可能性應該非常高。

之前去自盡島的時候雖然接連遇上了金角、銀角跟生命樹哥雷姆等等，可以交換成覺醒進化素材的魔物……然而就算是自盡島，能夠以那樣的頻率找到目標魔物，還是要說當時我運氣太好了。

考慮到從今後遇上的覺醒進化素材級魔物，會發生素材「重複」的可能性……在自盡島收集覺醒進化素材的效率將會大幅下滑。

在那樣的狀況下，既然得知有迷宮可以獲得自己還沒拿到的覺醒進化素材，那當然是去攻略那座迷宮會明顯比較有效率。

然後第二個理由是，阿撒托斯的屍體可以交換成【動力】的覺醒進化素材。

由於前世的某段經歷，我對這個阿撒托斯抱有一些情感，盡可能不想把牠當成素材消費掉……但即便如此，這傢伙可以成為素材依然是不變的事實。

如果把這點也考慮進去，只要這次獲得【結構】的覺醒進化素材，實質上就等於我把六種素材全部湊齊了。

這樣一來我便可以放心許多。

基於這些理由，我決定不去自盡島，而是選擇攻略迷宮了。

另外，關於素材的事情姑且先放到一旁。

這次以攻略迷宮為目標前往王都的路上，我想要嘗試看看「某件事情」。

而為了進行事前準備，我首先來到位於精銳學院到王都途中的梅爾克爾斯冒險者公會。

「這不是瓦里烏斯先生嗎！」

我一進入公會……在上午時段冷清的大廳中，上次見到「克努斯箭號希望」就當場昏倒的那位櫃檯小姐朝我揮了揮手。

「真是的，上次都是您忽然把什麼『克努斯箭號希望』的人帶來……害我都倒下去了呀！」

「呃，因為我萬萬沒想到他們是那麼厲害的小隊啊……」

「……咦？瓦里烏斯先生，您該不會沒有看過那個吧……？」

我朝櫃檯小姐手指的方向一看……發現在公會的牆上原來掛著一幅肖像畫。

然後在那幅畫中有隊長、普雷克斯、拉格翰與泰瑞恩的模樣，畫得相當接近本人。

這麼說來，我根本沒注意過什麼壁畫。

原來只要成為傳說中的小隊，甚至還會被畫成那樣的作品啊。

據說我近日內會謁見國王的樣子……搞不好以後也會遇上有人要幫我畫肖像畫呢。

我如此想著……並切入正題。

「請問現在有沒有什麼前往王都的護衛委託案件？」

護衛委託基本上不會貼在布告欄上。

這是為了防止有盜賊假扮成冒險者來看貼出來的委託單，讓貴族或商人的移動行程曝光。

因此如果想知道是否有護衛委託，必須直接到櫃檯來詢問才行。

「我看看喔……啊，這個如何呢？」

櫃檯小姐從整疊的文件中抽出一張紙，拿給我看。

是一件商人的護衛委託。

出發時間是今日下午，委託人數為C級十個人或B級三個人或A級一個人。

由於我是A級冒險者，所以能夠自己一個人接下這份委託。

「好像不錯，那我就接這個案子了。」

畢竟條件看起來也很好，於是我決定承接這份委託，順便前往王都。

雖然我似乎立下了對整個國家來說是一大事件的功績……不過我希望不是只靠那樣的成就，同時要一點一點地累積小小的成績，提升自己的信用。

因此承接像這樣的委託也是好事。

我想著這樣的事情，等待委託人的出發時間到來。

◇

「我叫勞斯，是這次的委託人。請多關照。」

「我是A級冒險者的瓦里烏斯。我也請您多多指教。」

下午，到了商人勞斯的出發時間。

簡單完成自我介紹後，我立刻進入正題。

「您的載貨車，請問要不要收納起來呢？」

「好，那樣比較放心。」

首先，我把不但顯眼又會妨礙移動的載貨車收進收納魔法中。

要是冒險者惡用收納魔法扒竊委託人的貨物，會吃上公會嚴厲的罰則。

反過來要是商人提出假報告陷害護衛，就會遭到商業公會驅逐。

正因為有這種雙方都無法做壞事的狀況，所以才能像這樣寄放貨物。

完成收納之後，我接著向商人提議我的新嘗試：

「另外，這次您不用借馬沒關係。馬車由我來牽引就可以了。」

首先，我請對方把在這項新嘗試中會礙事的馬匹，連同馬夫一起退還給馬車出租業者。

畢竟馬車和馬的承租人都是商人勞斯，如果不用馬，承租費用就會比較便宜。

這對於勞斯來說沒有壞處，因此他立刻答應了。

「但是……你說由你來牽引，究竟是什麼意思？」

讓馬夫回去後，勞斯感到奇怪地向我如此詢問。

「就是像這樣。」

我說著……從收納魔法拿出繩索，綁在馬車上原本連結馬匹的部分。

接著將繩索的另一端綁到我的筋斗雲上。

像上次從自盡島回來的時候也是一樣，由於這條繩索是屬於我的東西，所以能夠像這樣綁住筋斗雲。

筋斗雲的最高速度遠比馬匹來得快，因此這樣做就能讓旅途移動高速化了。

只不過……如果光是這樣高速牽引，老實講是非常危險的事情。

因為馬車若以筋斗雲的移動速度行進，光是車輪輾到一點小石頭都會有翻覆的可能性。

為了防止這樣的意外，必須讓馬車行進在平坦的道路上。

『高卡薩斯。』

『什麼事？』

『可以麻煩你在空中展開與地面平行的對物理結界嗎？我要讓馬車走在上面，前往王都。』

『小事一樁。』

……沒錯。

既然走在地上會很危險，走在空中就行了。

「這真是太棒了！實在快速！」

當我們的速度提升到某個程度後……商人勞斯便如此讚賞起來。

結界道路作戰計畫非常順利。

在前輪前方十公尺左右的位置展開結界，並且將後輪通過以後的結界依序消除……這樣的反覆作業對於高卡薩斯來說似乎根本是小意思，空中臨時道路極為安定。

現在我們的高度大約維持在地表上空一百公尺處，以筋斗雲單獨飛行時最高速的九成左右的速度疾馳著。

以這個速度計算，只要五個小時應該就能抵達王都。

「話說……速度上雖然很好，但這方向好像偏離道路越來越遠了，沒問題嗎？」

勞斯接著又有點不安地如此詢問。

「沒問題的。這個方向反而才是最短路徑。」

對於勞斯的問題，我這麼回答。

連接梅爾克爾斯與王都之間的道路實際上有點呈現弓形。

也就是說，沿著道路走其實並不是最短路徑。

現在既然可以在空中移動，那就走在連結兩座城市的直線上自然會比較快。

「原來如此……另外讓人在意的是，明明現在速度這麼快，我卻完全感受不到什麼強風，真是不可思議……」

勞斯像是在自言自語似地如此呢喃。

哎呀，畢竟筋斗雲展開的天氣保護罩包覆了整輛馬車，他感受不到強風也是當然的。

除此之外，考慮到這次要牽引馬車，我沒辦法進行太激烈的閃避動作，因此為了預防萬一（雙足飛龍衝撞），我展開了較厚的結界魔法。

雖然說如果真的遭到雙足飛龍衝撞，光是那衝擊力道就很麻煩了。所以我到時候應該會叫巴力西卜在衝撞之前就先把對方處理掉……不過只要有這道結界，多多少少的飛行魔物衝撞是一點影響都沒有的。

「那個……差不多是午飯時間了，請問要不要用餐呢？」

我從收納魔法拿出兩份精銳學院的餐點，將其中一份分給勞斯。

順道一提，這個餐點我在期末考的時候已經大量補貨，因此分一份給別人也沒有任何問題。

「哦哦，真的要給我嗎？謝謝你。」

勞斯開心地收下餐點，立刻吃了一口。

接著……

「……好吃！」

他一臉幸福地咀嚼起來。

「這個飯……你是在哪裡買到的？」

「在精銳學院的餐廳。」

「……也就是說，你是精銳學院的學生了。這個時期……是暑假嗎？」

「是的。」

「原來如此。精銳學院的課業應該相當辛苦。你就在王都好好玩一玩，消除一個學期下來的疲勞吧。」

「……」

……就在我們如此閒話家常的時候……

突然……我為了預防萬一（應付雙足飛龍衝撞）展開的結界「叩、叩」地發出被什麼東西敲打的聲響。

感到奇怪的我，用千里眼觀察地上的狀況。

結果……我發現有三人一組的人馬明顯在追著我們。

其中一個人頭上包著畫有骷髏圖案的頭巾，手中握著一把像刀子的東西。

然後那名男子正對著其他兩名手持弓箭的人發出指示。

是盜賊啊。

如此判斷後，我決定將他們抓住。

『巴力西卜，幫我把那幾個傢伙抓過來。』

我伸手指向用千里眼看的方向，派出巴力西卜。

沒多久後，巴力西卜便用魔法綁住那三人帶回來了。

『我是暫且讓他們陷入假死狀態啦，要怎麼處理？』

牠一回來就向我如此問道。

我記得公會的規則上，盜賊是可以殺掉之後交給公會的。

理由好像是「因為要在不殺死對方的前提下戰鬥會非常危險」的樣子。

即便如此，能夠活捉當然還是比較好……不過化為屍體也有可以收納起來的好處。

反正如果有需要，我也可以用死者復生。就那麼做吧。

『你讓他們可以收納起來。』

『ＯＫ～』

我確認巴力西卜讓施加在那三人身上的毒魔法變質之後……將那些盜賊的屍體收進了收納魔法。

◇

五個小時後。

旅途一路上都非常順利，讓我們一如預定的時間抵達了王都。

我們首先來到勞斯的商會歸還載貨車，接著再前往公會。

進入王都的公會後，我排到櫃檯的隊伍後面準備辦理委託達成的手續。

「我要來報告達成了這項委託。」

輪到我之後，我便如此表示並且把承接委託的文件交給櫃檯小姐。

櫃檯小姐收下文件一看……頓時瞪大眼睛。

「這……這再怎麼說都太快了吧？上面寫說承接委託的時間是今天中午呀……」

她的眼睛來來回回地看向文件與我的臉。

這時，勞斯從旁插嘴說道：

「沒錯。他用了一種異想天開的方法送我過來，所以提早抵達啦。」

「不、可是，我覺得這應該不只是『提早抵達』而已的程度吧……」

「總之，既然委託人都說這樣可以算達成委託，不就沒問題了嗎？」

「……呃，是這樣講沒錯啦……」

櫃檯小姐依然帶著一臉感到不可思議的表情，開始處理達成手續。

勞斯出面幫我講話，真是幫上大忙了。

畢竟要是櫃檯小姐對我打破砂鍋問到底，可是會變得非常麻煩。

就在我想著這些事情的時候，處理完文件的櫃檯小姐把金幣堆放到櫃檯上。

「這是達成報酬七十萬佐魯，請點收。」

於是我準備把金幣收進收納魔法。

但勞斯卻忽然攔住我的動作……不知道為什麼又追加了更多金幣。

「你提供了我如此一趟舒適又快捷的旅途，不給你追加報酬也說不過去吧。」

他咧嘴一笑，「再會啦」地揮揮手離開了公會。

……真是個好人呢。

我這麼想著，把堆積如山的金幣收進收納魔法。

……對了。

這麼說來，我在途中還有抓到盜賊。

這也要報告才行。

「另外……我在途中討伐了一群盜賊。這部分也可以請妳幫我處理嗎？」

我從收納魔法中拿出那三個人的屍體。

結果……櫃檯小姐當場瞪大眼睛、雙手摀嘴，往後退下了幾步。

「指定通緝犯A－147X被抓到了是真的嗎！」

櫃檯小姐跑進公會深處的房間後過了一段時間……一名男子踏著響亮的腳步聲衝出來，上氣不接下氣地這麼問道。

呃～那個徽章……我記得是公會副總部長吧。

我一邊如此觀察，一邊詢問那個我沒聽過的用語：

「指定……那是什麼？」

講話的同時，我用千里眼仔細觀察公會牆壁的每個角落。

畢竟搞不好就像之前「克努斯箭號希望」的時候一樣，是我自己不曉得出名到甚至會被畫成壁畫的名人。

因此像這樣找找看線索應該多少有用吧。

……啊，可是仔細想想，通緝犯不可能被畫成什麼肖像畫吧。

正當我這麼想，準備放棄尋找的時候……貼在牆上的一張公告映入我的千里眼。

WANTED

指定通緝犯Ａ－１４７Ｘ

凶惡犯罪者。懸賞金２０萬佐魯。

雖然不是肖像畫，不過有張貼懸賞通緝的公告啊。

然而……那個內容讓我感到非常不對勁。

說是什麼指定通緝犯，懸賞金的金額倒是感覺太少了。

二十萬佐魯就算過得再節儉，都不一定足夠兩個月的生活費。

應該不可能會有人為了那種程度的錢，甘願冒生命危險去抓犯罪者才對。

該不會這些傢伙雖然被冠上什麼「指定通緝犯」的頭銜，但其實根本不算什麼吧？

就在我如此感到奇怪的時候……副總部長開始說明起來：

「難道說……你不曉得那個『誰也抓不到的凶惡犯罪者』指定通緝犯Ａ－１４７Ｘ嗎？」

「我第一次聽說。」

「這樣啊……該怎麼說明呢……首先，指定通緝犯A－147X是為了強奪財物甚至會不惜大量殺人或暗殺貴族的大惡棍。不過……如果光是這樣，頂多也只稱得上是犯罪規模比較殘忍的普通盜賊罷了。」

大量殺人又暗殺貴族的傢伙，居然說只是「普通的盜賊」嗎？

也就是說，或許還有其他什麼要素，讓這些犯罪經歷相較之下顯得不起眼吧……

總之，我繼續聽下去好了。

「除此之外，還有更教人恐懼的一面是嗎？」

「沒錯。指定通緝犯A－147X是……不管派什麼人去暗殺都會反過來被殺掉，甚至連『克努斯箭號希望』都放棄逮捕的傢伙。一如字面上所說，是『誰也抓不到的凶惡犯罪者』。」

語畢，副總部長「呼」地嘆了一口氣。

……原來如此。

那些傢伙明明暗殺了貴族，卻在我抓到之前都沒有被繩之以法，就是因為這樣啊。

回想起來，當時那些傢伙是在應該不可能以弓箭射到我們的位置……如果沒有千里眼，搜查行動會難有進展也是無可厚非的吧。

「話說……你是怎麼抓到他們的？他們看起來好像完全沒有外傷的樣子啊。」

正當我從副總部長的發言中推想各種事情的時候，他忽然改變話題，對我問起這種事情。

「是靠毒殺。」

「啊……用暗殺的啊……」

聽到我的回答，副總部長當場畏縮。

……不，我想應該不是用什麼暗殺的方式吧。

照巴力西卜的個性，牠肯定是光明正大從正面毒殺對手的。

不過就算了吧，那種事情不重要。

現在的重點是討論該怎麼處置這些傢伙。

「那麼……請問要對他們訊問嗎？他們現在只是假死狀態，要讓他們復活也是可以辦到的。」

我姑且當作這些傢伙是處於假死狀態，試著提出這個問題。

如果真的要對他們訊問，我就必須用死者復生讓他們復活才行……但到時候總覺得事情又會變得很麻煩。

「不……很遺憾，那種事情我們辦不到。指定通緝犯Ａ－１４７Ｘ對大家來說都是恐怖的象徵，這點對於訊問官也是一樣。肯定沒有人會想要負責訊問這些傢伙吧。」

然而……教人感到意外的是，副總部長的回答竟是「不進行訊問」。

不過想想也對，他們光是已知的罪狀就已經難逃極刑了嘛。

特地訊問他們應該也沒什麼意義吧。

「是這樣啊……」

於是我請副總部長為那三個人的屍體蓋上布，然後用「如是切。如是斷。本末究竟等。」將他們砍頭。

副總部長把用布包起來的那三人搬進深處的房間後，接著又拿來如山的金幣放到櫃檯上。

「這是懸賞金一千萬佐魯。」

「……不是二十萬佐魯嗎？」

看到原本五十倍的金額，我不禁困惑地如此詢問。

「對外是那樣發表的沒錯。畢竟要是有人為了懸賞金亂來結果白白送命也不是好事，所以才故意把金額發表得那麼少的。」

「原來如此。」

這道理也不是不能理解。我這麼想著，把金幣收納起來。

「還有，這次的逮捕成果會記錄為你的功績。把你的公會證拿出來吧。」

副總部長對我伸出手，於是我把自己的公會證放到他手上。

他把公會證拿過去一看……頓時睜大眼睛呢喃：

「原來如……此……你就是**那個**瓦里烏斯啊。的確，能夠把『克努斯箭號希望』從自盡島帶回來的人物，要逮捕指定通緝犯A－147X肯定也是小事一樁吧。」

……好啦，這下護衛委託相關的事情全都告一段落了。

今天時間已經很晚……我明天再正式開始探索迷宮吧。

第29話◆那個藥

『真拿你們沒轍。那就從這裡開始攻略囉。』

『沒問題。正合我意。』

『耶～～！』

我下達戰鬥許可後，高卡薩斯與巴力西卜便迫不及待地往前飛去。

抵達王都過了一晚。

我們今天從一大早就來到目的地的那座迷宮……反覆空間轉移一路來到了第二九〇層。

當然，在開始攻略迷宮之前我有用千里眼確認過，我想找的那隻可以交換成【結構】覺醒進化素材的魔物就在迷宮的最下層。

其實我本來想要一口氣直接衝到最下層，只打迷宮頭目就好的……但高卡薩斯牠們卻表示「想要享受一下攻略迷宮的樂趣」，所以最後才妥協決定從倒數第十層開始攻略的。

『你沒戲唱啦！』

『好耶！解決一隻！』

牠們兩隻就像這樣，見一隻殺一隻。

畢竟是第二九〇層，這裡的魔物比精銳學院附屬迷宮的任何一隻魔物都來得強。

由於層數比較多的迷宮，每一層魔物的強度增加比例會較小，所以並不是單純計算三倍的強度……即便如此，依然可以肯定比那隻史爾特爾來得強。

我猜……現在對手的強度應該跟金角銀角同等吧。

不過對於能夠秒殺生命樹哥雷姆的那兩隻而言，這種程度的對手想必依然不夠看就是了。

既然都強到這種程度，如果這裡的魔物也都能交換成覺醒進化素材該有多好。

哎呀，想那些不會成真的事情也沒意義，還是算了吧。

『瓦里烏斯，數量累積得夠多了……能不能拜託你收納？』

就在我們差不多可以看到通往第二九一層的階梯時，高卡薩斯抱著大量的魔物屍體堆到我眼前。

『好啦好啦。』

於是我發動收納魔法，把那些全部收了起來。

……這麼多屍體要怎麼辦啊？

照以前變賣露娜金屬礦石時的對話可以推測，公會的預算金額應該有限……就算我拿去換錢，對方搞不好也只願意收購其中一小部分而已。

果然還是只能全部變換成增味劑了嗎？

不……反正都要拿來變換，乾脆交給泰瑞恩當成實際表演召喚麒麟用的素材吧。

我就這樣思考著大量魔物屍體的用途，並走下通往第二九一層的階梯。

◇

如此這般，我們一路來到了第二九六層。

從二九一層到二九五層都跟第二九〇層一樣，我們反覆著「牠們兩隻負責戰鬥。敵人屍體累積到某個程度再一起收納起來」的動作，按部就班地進行攻略。

說是按部就班，但因為我希望多少能快一點朝下層推進，所以其實有用千里眼確認正確路徑，並若無其事地告訴那兩隻行進方向就是了。

然後到了現在。

這個第二九六層……跟上面的階層感覺有點不一樣。

明明到剛剛都只會出現動物型的魔物……可是這一層卻出現了植物型的魔物。

「是面奇普花啊。」

見到那魔物，我如此呢喃。

面奇普花。

那是一種向日葵型的魔物，種子可以拿來製造各種珍貴的魔法藥。

其最大特徵是能夠用快得讓周圍空氣都絕熱壓縮成電漿狀態的超高速度，射出種子的子彈攻擊。

被拿來攻擊的種子就無法當成素材利用，因此重要的是必須在被對方發現之前就打倒牠。

然而……高卡薩斯牠們現在的強度，甚至連面奇普花那樣強烈的子彈攻擊都有辦法擋下，因此牠們搞不好會直接從正面進攻。

如此判斷的我，決定向牠們兩隻做出指示：

『高卡薩斯，巴力西卜……抱歉，這一層的討伐行動可以交給我嗎？這裡的敵人如果想要有效率地收集素材，需要在攻擊方式下一點功夫。』

『既然是這樣就沒辦法啦。』

『了解～』

我提出要求後，高卡薩斯和巴力西卜都立刻答應。

那就開始吧。

「如是切。如是斷……」

我一邊詠唱，一邊從收納魔法拿出露娜金屬製的劍注入神通力，並且用千里眼把空間轉移的目的地設定在面奇普花的背後。

接著……

「……本末究竟等。」

空間轉移的同時，我詠唱結束……用露娜金屬製的劍沿著切割魔法切出的斷面一揮。

結果……面奇普花被我砍斷的部分，伴隨沉重的聲響掉落到地面上。

畢竟面奇普花不但很硬，還擁有誇張的再生能力。

如果我只用露娜金屬製的劍砍牠恐怕也砍不進去，只用「如是切。如是斷。本末究竟等。」就算能切開，斷面也會瞬間再生癒合。

因此我雙管齊下，就是為了能確實把牠砍斷。

我拿著砍下的面奇普花回到高卡薩斯與巴力西卜的地方，接著用魔法讓花乾燥，把種子從花上剝下來。

結果……

巴力西卜見到那種子，忽然說道：

『啊～看到這個種子我就想到……以我現在的實力，光用它應該就能製造出那個藥了。』

……那個藥是什麼藥啦？

我一時還想這樣吐槽牠……不過既然牠都這麼說了，我就讓牠製造所謂的「那個藥」來看看吧。

畢竟巴力西卜在化學變化類的魔法上是不折不扣的天才，我想成果應該值得期待。

而且牠說「以現在的實力可以辦到」，表示牠打算製造的應該是過去無法製造，唯有靠現在覺醒進化後的力量才能做出來的高級藥物。

『那這些你就拿去用吧。』

我從收納魔法中隨便拿出一個空瓶子，把採收的種子裝進一半交給巴力西卜。

◇

後來等了大約三十分鐘。

『完成啦！』

巴力西卜得意洋洋地高舉起瓶子給我看。

如何如何？讓我確認看看瓶子裡裝的是什麼吧。

……啊，這是萬靈藥啊。

萬靈藥。

那是擁有「百分之百治療、恢復世上所有生物的身體」效果的貴重魔法藥。

尤其對於馴魔師以及從魔來說，這個藥具有重要的意義。

畢竟只要喝下萬靈藥，馴魔師或覺醒從魔就能讓消耗掉的龐大魔力一口氣全部回復。

由於一般的魔力回復藥只有「回復固定數值魔力」的效果，對於馴魔師和從魔來說根本是杯水車薪。

因此馴魔師或從魔如果想回復魔力，就必須使用按比例發揮效果的回復藥。

具備比例回復效果的藥有很多種……而萬靈藥是屬於其中最高階的藥物。可謂馴魔師的御用良藥。

雖然說萬靈藥除此之外，還具備「從各種瀕死狀態（含身體缺損、難治重症）完全恢復原狀」的效果……但老實講對於能夠使用死者復生與高等治癒魔法的我來說，這部分的效果只能算是自身能力的低階版本。

所以說，我應該只會把萬靈藥當成回復魔力用的藥物吧。

……我想著這些事情，並準備討伐下一隻面奇普花……然而就在那瞬間，某個想法閃過我的腦海。

該不會……萬靈藥也能回復神通力吧？

這樣的假說一旦浮現，我就忍不住會想嘗試看看。

今天的我消耗了相當多的神通力。

畢竟我可是反覆空間轉移了整整二九〇層的深度。

如果再考慮到接下來討伐面奇普花，需要使用空間轉移與露娜金屬製的劍……神通力的消耗量想必會很可觀。

即便我至今活用馴魔師的優點急速鍛鍊了神通力……以這種速度持續使用又沒有中途進行回復，遲早會把神通力耗光。

假使這個問題可以靠萬靈藥獲得解決，對我來說幫助非常大。

反正今後只要討伐面奇普花，就能獲得更多的萬靈藥。

人總要勇於嘗試，我就喝看看吧。

於是……我把剛完成的萬靈藥「咕嚕」一聲喝下去。

結果……

「……確實……回復了。」

喝完萬靈藥的我，可以感覺到體內的神通力恢復到全滿的狀態。

回復成功了。

這意味著只要能隨身準備萬靈藥，我本身擁有的神通力最大值實質上就等於無限了。

當然，這並不代表我能使用的神通力瞬間最大值有變化，因此今後依然要持續鍛鍊才行……不過光是中間不需要休息即能持續使用神通力這點，就是相當大的好處了。

這可真是一項重大發現。

我對此事不禁感到愉快，又繼續開始狩獵面奇普花。

◇

後來，我負責打倒面奇普花，巴力西卜同步製造萬靈藥的行動反覆持續了十幾個小時。

「呼哇～」

由於睡意而忍不住打呵欠的我……決定在前往下一階層之前再灌一杯萬靈藥。

『大家，想睡了吧！』

我說著，在高卡薩斯與巴力西卜的杯子中也分別倒入一次分量的萬靈藥。

『『『乾杯～！』』』

互相敲碰杯子，把萬靈藥一飲而盡後……到剛才為止強烈的睡意，都像騙人的一樣當場消散了。

這同樣也是萬靈藥的回復效果之一。

順道一提，萬靈藥的效果和咖啡因那種治標療法不一樣，而是「讓身體恢復到睡飽後的狀態」這種治根性的回復效果，因此即便靠這樣熬夜通宵，也不用擔心會累積睡眠負債。

這實在是很方便的藥呢。

我們喝下萬靈藥恢復精神後，走下一旁的階梯……前往第二九七層。

一來到階梯下……我就和近處一隻體長約三公尺的蠍型魔物對上了視線。

蠍型魔物立刻準備朝我們接近……但牠很快又身體麻痺，變得無法動彈。

『好！我讓牠的毒囊逆流啦！』

巴力西卜得意洋洋地如此說道……可見蠍型魔物應該是被自己的毒流遍全身了吧。

然後……

『接下來交給我。』

高卡薩斯一招就把無法動彈的蠍型魔物砍下腦袋。

雖然我早料到會這樣……不過看來這一層攻略起來同樣是輕輕鬆鬆啊。

我這麼想著，悠悠哉哉跟在牠們兩隻後面。

就這樣經過兩個小時左右，我們看見了通往第二九八層的階梯。

一直都有用千里眼觀察階層整體狀況的我……這時注意到一件奇妙的事情。

這個階層……不曉得為什麼，好像一隻魔物都不重生的樣子。

通常迷宮的每個階層被打倒多少魔物就會重生多少魔物，使整個階層的魔物保持一定數量。

至於重生所需時間除了迷宮頭目以外，最長一個小時。

經過兩個小時都沒有任何一隻魔物重生的狀況，不管怎麼想都很異常。

為什麼會變成這樣？

我思考了一下……想到一個可能的特殊情況。

『高卡薩斯，巴力西卜，我們稍微變更計畫，把這個階層的魔物全部討伐掉。』

為了確認真相……我決定暫且先把這一層的魔物一掃而空了。

◇

後來又經過一段時間，當高卡薩斯對這個階層最後一隻魔物給予致命一擊的時候……我發現自己的猜想果然是正確的。

「一、二、三……嗯，全部復活了。」

沒錯。

就在高卡薩斯把這一層最後一隻魔物討伐掉的瞬間……階層內的所有魔物一起重生了。

這裡是一次性重生區域。

也就是在「階層內所有魔物都遭到討伐」的條件下，才會重設階層內魔物數量的特殊階層。

真沒想到會讓我遇上這類的階層。

由於這項意外發現，我很自然地露出笑臉。

這個階層……只要巧妙利用，就能一口氣累積經驗值讓自己變強了。

『高卡薩斯，巴力西卜，你們有沒有什麼方法，可以一口氣把這層的魔物一網打盡啊？』

我如此詢問後……牠們兩隻便開起了作戰會議。

如果真的有辦法讓這個階層的魔物一口氣全滅，由於這裡是一次性重生區域，因此在把魔物全數討伐的瞬間又會冒出同等數量的魔物。

然後如果反覆進行這樣的動作……就能達成在其他場所絕對不可能辦到的壓倒性討伐效率。

只要專注持續這麼做，無論是我的魔力或神通力都能獲得飛躍性的提升。

也就是說，可以反過來利用這個階層的特性，讓大家急速成長的意思。

話雖如此，但這裡好歹是第二九七層，魔物也有相當的強度……要讓牠們全滅講起來簡單，實際執行的難度還是很高。

問題就在於高卡薩斯和巴力西卜有沒有辦到這件事情的手段……而我在這點上也

只能祈禱牠們可以討論出什麼好的作戰計畫了。

我這麼想著，靜待牠們兩隻結束作戰會議。

不久後……那兩隻同時用精神感應跟我說了一聲『討論出來啦』。

『是什麼方法？』

『就是利用「不易爆炸的爆炸性氣體」。』

對於我的問題，巴力西卜這麼回答。

『不易爆炸的爆炸性氣體？』

『沒錯。我可以製造出一種以不容易爆炸的特質為代價，提升爆炸威力的氣體。只要讓那氣體填滿這一層，然後由高卡薩斯引爆它，應該就能「轟隆——！」然後「耶～！」啦。』

『原、原來如此……』

原來牠能夠製造那樣的氣體啊？

既然說是以爆炸難度為代價提升爆炸威力的氣體……代表牠們的計畫應該是巴力西卜先製造出超級難爆炸的氣體，然後再由高卡薩斯硬是把它引爆的方法吧。

『高卡薩斯，那種氣體你有辦法引爆嗎？』

『我的極限在哪裡，巴力西卜也瞭若指掌。所以牠應該會製造出我勉強能夠引爆的氣體。問題就在於，不曉得那樣是否真的能夠殲滅這一層的魔物就是了。』

也就是說，牠們兩隻的配合度完美無缺的意思。

那就讓牠們試試看吧。

『既然這樣，你們先試一次看看。』

我說著……爬上階梯到第二九六層避難。

接著隨時發動探測魔法，感知第二九七層的魔物數量變化。

不久後……伴隨震耳欲聾的轟響，從地面傳來激烈的震動。

我試著用千里眼觀察第二九七層的狀況……但視野呈現一片紅色，什麼也看不見。

不過我的探測魔法還是清楚感知到第二九七層的蠍型魔物一時全滅之後……等爆炸造成的影響消退的同時，又恢復到原本的數量。

看來作戰計畫成功了。

於是我走下通往第二九七層的階梯，去找高卡薩斯和巴力西卜。

結果一下階梯……就看到牠們兩隻癱在地上的模樣。

『辛苦囉，計畫似乎暫時算成功的樣子呢。』

『是……是啊，可是……沒想到光施展一發魔法就讓我累成這樣啦……』

『就是說啊，比我原本想像得還要累人。』

看來剛才的魔法讓牠們兩隻都徹底累癱了。

『這方法……雖然不是辦不到啦，但魔力效率也太差了吧？』

『巴力西卜說得沒錯。這種有如為了發揮威力而犧牲一切的引爆魔法，要是換作在其他場合根本就派不上用場啊……』

高卡薩斯和巴力西卜說出這樣的感想。

雖然戰果卓越，但牠們兩隻似乎並不算很滿意的樣子。

的確……這方法簡直就是把魔力效率完全捨棄不管了。

若光看時間效率確實是壓倒性地高，但一發就累趴的話，也很難講多划算。

不過關於這點，我已經想好解決方式了。

魔力效率太差的討伐方法派不上用場，這個理論終究是指在一般的狀況下。

至於在特殊狀況……例如說「隨時可以獲得讓魔力完全回復的藥物」之類的狀況下，這點就不算是什麼缺點了。

而我們現在可以利用第二九六層獲得的素材，無限製造萬靈藥。

這意味著放棄魔力效率繼續執行剛才的作戰計畫，才是最佳的選擇。

『總之，你們先把這喝下去吧。』

我把增味劑混進萬靈藥讓它變得比較好喝後，遞給高卡薩斯與巴力西卜。

然後在牠們喝藥的這段時間，我告訴牠們今後的行動方針：

『接下來你們在這裡執行剛才的作戰行動時，我會到上面一層盡量多收集一些面奇普花回來，讓萬靈藥不會缺貨。這樣一來，就算用剛才那樣的戰鬥方式也能一直持續下去了吧？』

『的確。』

『啊～有這招啊。』

聽了我的行動計畫，牠們兩隻都立刻表示贊成。

就這樣，我們的萬靈藥大量消費型大量討伐計畫開始了。

◇

後來……這個計畫平平淡淡地持續了兩個月。

雖然我其實大可以把覺醒進化素材全部湊齊……但新的從魔我希望能夠在有充分時間的時候慎重考慮決定。

既然現在知道利用這個作戰計畫，可以讓我們獲得足以對抗朱雀的實力，我便決定在朱雀有所行動之前持續這項作戰計畫了。

反正謁見國王的事情，聽說還要一段時間才會正式決定的樣子。

我們除此之外做過的事情，頂多就是定期回到地面上，確認朱雀有沒有什麼動靜而已。

由於萬靈藥所剩無幾，於是我把面奇普花的種子交給巴力西卜，請牠製作新的萬靈藥。

而就在藥即將完成的時候……很稀奇地，阿提米絲向我通話了。

『瓦里烏斯，現在可以講話嗎？』

『可以啊。怎麼了？』

『我在觀察地表的時候……發現了有點奇怪的東西。所以想說請你去確認一下。』

『要我去確認……那我首先該怎麼做？』

『我想想喔……總之你可以先回到地上嗎？』

在阿提米絲這樣的指示下，我帶著高卡薩斯與巴力西卜一起用空間轉移回到了地表。

順道一提，這兩個月來特訓的成果讓我只需要發動一次空間轉移，就能一口氣從第二九七層回到地上了。

來到地表後……我發現現在是除了月光之外幾乎沒什麼光的深夜。

我告知阿提米絲自己已經回到地面，於是她向我提出了下一個指示：

『那麼接著……你可以先移動到不會影響別人的地方沒關係，麻煩你用魔法朝天空發射一顆人工太陽。』

人工太陽嗎？

這裡是王都邊境，附近有很多居民……要是把大家弄醒也不好，我還是稍微移動地點之後再施放吧。

於是我坐著筋斗雲移動一段時間，來到一處沒有人煙的場所後……拜託高卡薩斯往天空施放一顆人工太陽。

『發射囉。』

『原來如此，你在那裡。那麼……你可以用千里眼看一下從你那裡往西移動經度八．四度，往南移動緯度八．二度的地方嗎？』

看來阿提米絲之所以要我施放人工太陽，是為了向我指定她要我看的地點座標。

於是我回想著以前從月亮看到這顆星球的景象，並且用千里眼觀察阿提米絲指示的地點附近。

由於是靠感覺尋找的方式，要發現應該是她叫我看的東西需要一點時間……不過沒多久後，我便看到一隻巨大的龍，羽毛被燃燒般覆蓋的翅膀相當有特徵性。

『妳是在說那隻龍嗎？』

話雖如此，但也無法否定我找錯目標的可能性，因此我為了保險起見，向阿提米絲確認。

結果……

『對，沒錯，就是那隻龍……你覺不覺得牠看起來，跟之前麒麟講過那個叫朱雀的傢伙之間似乎有什麼關聯性？』

阿提米絲提出了這樣的見解。

『朱雀嗎……也不是沒有那種可能性。阿提米絲，謝謝妳啦。』

我表示謝意後，決定稍微再仔細觀察那隻龍。

畢竟朱雀是個實際鬧事之前會徹底保持祕密行動的傢伙。

大多數狀況下，都要等到牠實際造成什麼傷害之後，我方才有辦法對應。

然而這次多虧阿提米絲，或許可以避免那樣的事情發生。

這個難得的機會，我必須好好把握才行。

於是我用千里眼繼續觀察那隻龍……同時坐著筋斗雲開始移動了。

◇

「麒麟啊，現身我眼前……進行一場互惠互利的交易吧。」

用千里眼觀察的過程中，我知道了幾件事情，同時也浮現幾項疑點，於是決定問問看麒麟。

麒麟現身後……在牠還沒問那句固定臺詞之前，我就先向牠問道：

『麒麟，現在我掌握到一個線索，或許可以藉此找出朱雀的下落……而關於這點，我有些事情想問你。你可以回答我嗎？』

『哦哦，終於要找到朱雀了！我可是期待已久，有什麼問題你就儘管問吧。』

『我發現了可能是朱雀手下的一隻龍……但不知道為什麼，我不管怎麼尋找那傢伙的周圍，都找不到朱雀的影子。你可以跟我一起看看嗎？』

我本來預定的計畫是當與朱雀的手下對峙時，狠狠修理對方一頓之後讓對方留一條小命逃回去，藉此找出朱雀的下落。

就好像以前讓海克力斯回到薩魁爾的地方一樣。

不過這次既然可以在朱雀的手下還待在據點的時候找到牠，便省了這道麻煩。

然後朱雀本身的戰鬥能力不算什麼，因此也可以大幅節省討伐上的勞力。

我抱著這樣的想法，徹底尋找了那隻龍的附近每個角落。

既然那隻龍沒有在襲擊任何目標也沒有在移動場所，代表牠現在應該是在朱雀的據點附近待命才對。

然而……一反我的推測，不管我怎麼找都找不到看起來像是朱雀的身影。

因此我才會決定求助於麒麟。

雖然說，如果到最後發現那隻龍其實跟朱雀一點關係都沒有，我所做的這一切便徒勞無功就是了。

我想著這些事情，同時像剛才阿提米絲告訴我的時候一樣把座標告訴麒麟後……

麒麟頓時瞪大眼睛，說出這樣一句話：

『難……難不成，那是朱紅鳳凰龍……！』

『朱紅鳳凰龍？那又怎麼樣？』

講白了，朱雀的手下是什麼種類的魔物根本不重要吧。

正當我這麼想的時候……麒麟竟說出了完全超出我預想的發言……

『朱紅鳳凰龍……朱雀那傢伙**附身**於龍，企圖襲擊人類啊……！』

『附身、於龍？意思是說那隻龍並非朱雀的手下嗎？』

關於朱雀這樣前所未聞的行動，我請麒麟進一步詳細說明。

『沒錯。朱雀牠……強硬地把自己本身與那隻龍的腦袋同化了。』

也就是說……我只要集中精神討伐那隻龍，然後注意最後的致命一擊要用神通力殺掉對手就行了。

這下事情變得單純多啦。

雖然我是這麼想的……但不曉得為什麼，麒麟臉上露出彷彿憤怒與恐懼混雜在一起的表情。

牠接著說道：

『而且那傢伙現在的神經連結共鳴率超過百分之四〇〇……簡直太亂來了……』

神經連結共鳴率……怎麼我聽都沒聽過的詞一個接一個地冒出來啦？

拜託你說明得讓我能夠理解吧。

『那個……所謂神經連結共鳴率如果很高會怎樣？』

『那傢伙能夠利用神經連結的共鳴率調整自己的強度。共鳴率越高，牠就會越強。當然，越是提升共鳴率，必須付出的代價就越高……那傢伙現在的力量可不是一般朱雀的手下可以比擬的程度。』

……原來如此，那還頗棘手的。

『那麼……那個所謂的代價是什麼？』

『共鳴率如果提升到百分之四○○……首先，那傢伙今世的壽命將不到七十二小時。而且轉生到下一世的等待時間會延長到通常的十倍。大概是因為薩魁爾被消滅的關係，那傢伙可是抱著相當大的覺悟要來打倒你啊。』

……是這樣啊。

聽到這邊，我總算掌握了事態的全貌。

首先……現在的朱雀有個非常簡單的方法可以打倒。

那就是「躲起來七十二小時不讓牠發現」，非常單純。

光是這麼做，朱雀所付出的代價就全部白費了。

然而……那樣的選項對我來說等於是不存在。

畢竟朱雀肯定會在有限的時間內全力鬧事，試圖把我拖出來。

既然牠現在的力量不是一般朱雀的手下可以比擬的程度……代表最壞的狀況下，

牠搞不好只要七十二小時就能把整座大陸都夷為平地。

假使我對那樣的行為袖手旁觀，肯定會因為罪惡感而無法盡情享受今後的人生。

到頭來，我方終究還是得回到最初「在釀成人民受害之前消滅朱雀」的行動方針。

『巴力西卜。』

我從收納魔法拿出面奇普花的種子，並呼叫巴力西卜。

『抵達現場之前還有一段時間。你可以用這些製造萬靈藥嗎？』

『了解～』

如果能夠不用上這東西就好了。我如此想著，讓筋斗雲繼續行進。

◇

只要朱雀開始移動位置，我們就跟著改變行進方向……到了天快亮時，我們總算來到了可以用肉眼看見那隻龍的距離。

「……唉，我本來想說回程的時候也要接個護衛委託的說……」

看到那隻龍正在接近的城鎮……我不禁嘆了一口氣。

到頭來，我們追著朱雀不知不覺間又回到梅爾克爾斯了。

難道牠知道那裡是我當成活動據點的地方嗎……或者牠只是偶然打算從近處的城鎮開始襲擊而已？

雖然這點我不清楚……但我希望最好可以在梅爾克爾斯遭到破壞之前，消滅掉朱雀。

「……喂，我才剛這樣想，你就……！」

然而……一反我的期望，那隻龍張大嘴巴……準備要吐出龍息。

從那角度看來……彈著點恐怕是城鎮的中心。

那傢伙……難道打算一招就把整座城轟掉嗎？

『高卡薩斯，你有沒有辦法把那個彈開？』

『交給我吧。』

如此對話的同時，我帶著高卡薩斯與巴力西卜空間轉移到龍息的射擊線上。

高卡薩斯立刻在那位置展開一道結界後……緊接著一團高速的能量團撞擊過來，把周圍一帶照得有如白天般明亮。

結界似乎勉強撐住，把能量團朝上空彈開。

幾秒後……能量團炸開，威力強勁得讓放眼可見的所有雲層都當場消散一空。

……要是讓那玩意擊中城鎮，這裡想必會完全被夷為平地。

以單純的挑釁行為來講也做得太過火了。

「剛才那是什麼！」

「新開發的起床道具嗎？」

我聽到這樣的聲音稀稀落落地傳來，於是望向周圍……看見被異常狀況吵醒的居民們紛紛跑到外面來一探究竟。

「喂，快看那裡！」

然後其中有幾個人發現龍的存在，伸手指向那個方向。

雖然剛才那一擊勉強被我們擋開了……不過這下看來我最好告訴對方，其實不用做什麼挑釁行為，牠要找的人已經來了。

於是我從收納魔法中拿出露娜金屬製的劍……朝那隻龍的眼前發動空間轉移。

「哇噗！」

我們靠空間轉移試圖接近龍……卻沒辦法轉移到龍的眼前。

隨著某種彷彿被人妨礙轉移的感覺，我們被移動到原本的地點跟龍中間的位置。

『痛死啦～』

『到、到底發生了什麼事？』

突如其來的狀況讓巴力西卜與高卡薩斯也感到困惑。

『不知道……但總之我們進攻！』

高卡薩斯重整姿勢後，將魔力集中到牠的角附近，朝龍射出一發魔力彈。

然而……魔力彈飛不到幾公尺，就有如撞上什麼東西似地爆炸了。

「……原來如此。」

我見到那景象，總算理解究竟發生了什麼狀況。

這隻龍恐怕是展開了一層障壁。

而且是連高卡薩斯的攻擊都能擋下的強大障壁。

從它不只能擋下攻擊魔法，甚至連空間轉移都能阻擋的特性看來……這障壁應該是靠神通力形成的。

畢竟空間轉移是一種干涉時空的技術，不可能靠物理力量阻擋。

那障壁若不是神通力構成，就沒辦法解釋這個現象了。

而且障壁施展者的真面目是朱雀，這點可說是證實我這項假說的最佳根據。

既然如此……不管我方如何用魔法轟炸，想必都不是很有效的手段。

假使讓高卡薩斯跟巴力西卜持續攻擊，或許遲早能夠把障壁炸壞……但現在根本不曉得對方何時會放出第二發龍息攻擊，我們不能浪費太多時間。

看來除了靠我破壞那層障壁以外，別無他法了。

於是我把最大極限的神通力注入露娜金屬製的劍，同時全力施展身體強化魔法，砍向障壁。

結果伴隨「劈里！」的聲響，障壁被劍鋒擊中的部分出現龜裂。

我的神通力接著透過劍身流入障壁的裂縫，讓那道裂縫又進一步擴大。

這樣下去應該就能破壞障壁了。

正當我這麼想，準備把劍刺得更深的瞬間……某種奇妙的感覺忽然襲來。

「嗚……這是什麼？」

沒想到……現在換成障壁將露娜金屬製的劍當成媒介，開始吸收我的神通力了。

我察覺這點，想要把劍拔出來……卻不知道為什麼，劍居然動也不動。

甚至連我的手都變得沒有辦法放開劍柄。

『操作神通力的人類……殺掉薩魁爾的就是你這傢伙不會錯。』

應該是來自朱雀的精神感應在我腦內響起。

可是……神通力被吸光的我變得連回應對方的力氣都沒有了。

接著，就在我的神通力完全枯竭，連魔力都準備要被吸收的時候……

『我絕對不放你活著回去。乖乖死在這……嗚咕喔！』

不曉得為什麼，到剛才還很流暢地用精神感應對我講話的朱雀，忽然痛苦掙扎起來。

我連同露娜金屬製的劍一起被障壁彈開，總算從吸收現象中獲得解放。

……哈哈~原來如此。

我從這一連串的事情中看穿朱雀的弱點，成功找出了致勝的手段。

總之必須先讓耗盡的神通力回復才行。於是我從收納魔法拿出一次藥量的萬靈藥，一飲而盡。

隨著神通力滿溢體內的感覺，我再次把神通力注入露娜金屬製的劍，砍向障壁。

結果就像剛才一樣，障壁上出現裂縫，開始吸收我的神通力。

在那瞬間……我將一隻手放開劍，直接觸碰障壁，以最大功率對障壁施展魔力讓渡。

結果……

「吼喔喔喔喔喔喔啊啊啊啊啊！」

龍發出震耳欲聾的咆哮，當場激烈地痛苦掙扎起來。

障壁也隨之完全消失。

……被我猜對啦。

朱雀這個利用障壁吸收神通力的招式，是如果讓神通力以外的不純物混入其中就很不妙的類型。

這是由於第一次攻擊的時候，我的魔力開始流失的時機和朱雀把我放開的時機一致，讓我引導出的結論。

若將吸收神通力比喻為輸血……把魔力混入其中的行為，就像把B型的血液輸給A型的人一樣。

透過魔力讓渡使龐大的魔力逆流的朱雀肯定吃不消吧。

『高卡薩斯，巴力西卜，就是現在。』

在我的一聲令下，牠們兩隻開始對依然痛苦掙扎的龍展開激烈的波狀攻擊。

接下來只要等到對手奄奄一息的時候，我再補牠最後一劍……朱雀連同那隻龍想必就會像薩魁爾一樣消滅了。

……我本來是打著這樣的如意算盤，然而……

「事情沒有那麼簡單是吧。」

難受掙扎的時候只能化為標靶任人宰割的龍……大概是痛苦的感覺消退到某種程度了，忽然展開反擊。

「……危險！」

龍的攻擊差點擊中高卡薩斯，於是我趕緊用空間轉移讓高卡薩斯改變位置。

或許因為障壁已經解除的緣故，空間轉移發動得非常順利。

接著，雙方開始混戰。

我負責擔任指揮塔，運用空間轉移把高卡薩斯和巴力西卜移動到適切的位置。

這項作戰計畫順利奏效，讓牠們兩隻能夠單方面地持續攻擊龍……可是給予的傷害也不大，使戰況完全陷入膠著。

照這樣下去，會演變成一場比拚耐力的持久戰。

畢竟我方有萬靈藥可用，因此姑且占有優勢……但問題就在於應該在什麼時機把萬靈藥交給牠們兩隻。

難道沒有什麼一口氣分出勝負的方法嗎？

……正當我這麼想的時候……

『只顧著閃避攻擊，不怕失去重要的東西嗎？』

龍忽然朝向城鎮……張大嘴巴。

……居然挑這時候吐出龍息。

要再次靠反射結界彈開龍息嗎？還是……

就在這時，我想起一個東西恰好可以拿來化解這個局面。

那傢伙現在張著嘴巴。

換言之……這是把**那玩意**直接灌進牠內臟的大好機會。

『真可惜啊。你的運數就盡在你的嘴太囂張了。』

我用空間轉移來到龍的嘴巴前，同時透過精神感應如此回應後……從收納魔法中放出氟蓮華堂酸，灌進那傢伙的口中。

「嘎啊啊啊啊啊啊喔喔喔喔喔！」

氟蓮華堂酸灌進去後，龍又再度痛苦掙扎起來。

……即便是朱雀附身的龍……對於來自身體內部的攻擊還是同樣很弱的樣子。

或許是聲帶被溶解的緣故，牠的叫聲也越來越虛弱。

不過……該說真不愧是朱雀的手下嗎？就算這樣的攻擊，對牠來說似乎依然不構成致命傷。

之所以這麼說……是因為這隻龍掙扎的模樣看起來有一點不太自然。

我猜那恐怕是在調整動作不要讓氟蓮華堂酸接觸到心臟和大動脈吧。

也就是說牠不惜犧牲所有的內臟，也要硬撐到把我打倒為止嗎？

還真是有一套。

……既然這樣，我就繼續追擊。

我不清楚是因為想吐還是其他原因，龍現在依然沒有把嘴巴閉上。

就把這點拿來利用吧。

於是我再次轉移到龍的嘴前，作勢要發動收納魔法並且對牠說道：

『再讓你嘗一次滋味。』

結果……龍立刻展開跟最初一樣的神通力障壁，覆蓋牠的嘴巴。

……你上當啦。

我把大量神通力注入露娜金屬製的劍，刺在障壁上。

然後……看準障壁上出現些微的裂縫，開始吸收神通力的瞬間，我用最大功率發動魔力讓渡。

氟蓮華堂酸侵蝕與神通力吸收的不純物（魔力）混入，雙重痛苦讓龍又掙扎得更加激烈了。

看來牠已經沒有餘力調整什麼動作……那打滾的樣子跟剛才相比顯得很不規則。

接著過了一段時間後。

龍總算癱軟無力地倒在地上了。

『你這傢伙……給我記住……下次……我轉生的時候……一定要把這世界……破壞……殆盡……』

朱雀就像擠出最後的力氣，對我發出這樣的精神感應。

……差不多是時候給牠致命一擊了。

而且……我可能要快點出手才行。

要是這傢伙只因為氰蓮華堂酸的效果而死，就會讓牠有機會轉生到來世。

在那之前，我必須用自己的神通力葬送牠的性命。

『高卡薩斯，巴力西卜，把這個喝下去然後分魔力給我。』

我說著，將萬靈藥交給牠們兩隻。

就在牠們完全恢復，開始把魔力讓渡給我的時機……我詠唱起那招魔法：

「如是切。如是斷。本末究竟等。」

靠魔法切斷龍的一邊眼皮後……我把那眼皮剝開，將露娜金屬製的劍刺進裸露出來的眼球。

劍尖直達腦頂，對與腦同化的朱雀也造成致命傷。

如此一來……朱雀就完全消滅了。

那麼，首先來報告一聲吧。

「麒麟啊，現身我眼前……進行一場互惠互利的交易吧。」

我用慣例的咒語將剛才為了避免讓牠被捲入戰鬥，而暫時先請回去的麒麟又叫了出來。

『如你所見，朱雀已經被消滅了。』

『哦哦！你平安獲勝啦！』

麒麟一看到龍的屍體，便開心地透過精神感應對我如此說道。

『當我見到牠竟然用手下裝備型的方式現身時，本來還想說已經沒希望了……』

『確實是打起來很辛苦的對手……不過只要稍微下點功夫，還是讓我打倒啦。』

『感激不盡……如此一來，我必須封印的對象就只剩下三隻了……』

麒麟說著，沉浸於感慨之中。

……對了。

反正都把牠叫來了……就問問看有件事能不能辦到吧。

『我姑且問一下……這個屍體可以交換成增味劑嗎？』

『我看看……啊，這可不行。要是你敢把這玩意拿來當成交換素材，我可是會恨你到永遠。』

……真的假的？

有必要說到那種程度喔？

『為什麼？因為朱雀的屍體不能當成供品嗎？』

『不是那個問題……你在討伐這傢伙時，用了大量的凶狠劇毒對不對？就算你把那種東西交給我，我也不知如何是好。』

……原來問題在於我用了氟蓮華堂酸討伐龍啊。

講白了，其實我本來就是因為覺得用氟蓮華堂酸討伐的屍體處理起來很麻煩，才

會想說乾脆拿來交換成增味劑……卻沒想到連麒麟都不願收。

『好吧……那這次我只是想跟你報告一聲而已，你可以回去了。』

『這樣啊。很高興聽到好消息。告辭。』

麒麟留下這句話後，身影消失。

……唉～

事情變成這樣，我們只好自己把龍解體啦。

畢竟又不能把這屍體帶到冒險者公會去。

要是那麼做，從內臟流出來的氟蓮華堂酸可是會害解體師傅受重傷的。

雖然一般來講，龍的屍體可說是毫無一處無用的部位……但這次的狀況必須另當別論。

我想這隻龍的體內組織，應該幾乎都被氟蓮華堂酸給毀了吧。

既然如此……我想想喔。

這次我就只回收牠的羽毛跟嘴喙，其餘部分暫時先堆放在收納魔法中好了。

『高卡薩斯，你幫我把這隻龍的羽毛拔下來。巴力西卜，麻煩你把魔力讓渡給我。』

我對那兩隻如此下達指示。

接著把巴力西卜分給我的魔力加入計算，用「如是切。如是斷。本末究竟等。」

將龍的嘴喙切割下來。

高卡薩斯則是憑著牠引以為傲的大顎把龍的羽毛一根接一根拔下來。

在這項拔毛作業中我也幫不上什麼忙，於是我只好在一旁靜靜觀看……結果就在這時，我看見有幾個人朝我們的方向跑來。

「聽說這附近應該出現了一隻龍才對……奇怪？」

趕來現場的一名男子在我前方約五公尺處停下腳步如此說道後，茫然地呆站在那裡。

「呃……這該不會已經討伐完了吧……」

接著換另一名男子看著呆站的男子這麼表示。

他們是趕來當援軍的嗎？

正當我這樣想的時候，那兩人和我對上視線。

「難不成……是你把這隻龍打倒的？」

「是的。」

我回答呆站男子提出的問題。

「只靠自己……一個人嗎？」

「沒錯。」

雖然嚴格來說，我是在高卡薩斯與巴力西卜的協助下討伐的，所以講「一個人」或許有語病啦。

但畢竟「克努斯箭號希望」復活的消息就快要正式發表，我沒必要讓他們為了我究竟是賢者還是馴魔師的事情搞得腦袋混亂吧。

「單、單獨一個人討伐龍……這也太不尋常了……」

「……是這樣嗎？」

這次的對手的確是很難對付的強敵沒錯啦……但這隻龍實際上是朱雀的事情，應該除了我、阿提米絲和麒麟以外都不可能知道才對。

即便同樣是龍，實力也是有的很強有的很弱。現在只不過是單獨一個人討伐了龍就被講得那麼厲害，讓我覺得好像有點奇怪……

「那當然啊！當我看到那場大爆炸的時候，還以為世界末日來臨了……居然只靠一個人就打倒了那樣的對手，你究竟是何方神聖？」

對啦，我都忘記剛才最初的一擊把街上的居民們給嚇醒了。

既然一發龍息的威力就感覺足以把整座城鎮都夷為平地，那確實可以判斷是強度達到某種等級的龍。

……就在我想著這些事情的時候，高卡薩斯似乎把所有羽毛都拔完了。

還好牠在氟蓮華堂酸把龍的肌肉和表皮都穿破之前完成了作業。

於是我走近龍，發動收納魔法……結果這時從背後傳來對話聲：

「這麼說來……我們這次睽違半年回到梅爾克爾斯來，不是到處聽說有個叫瓦里烏斯的冒險者留下了一堆莫名其妙的誇張事蹟嗎？」

「哦哦，你這麼說我就想起來了。」

「我本來還以為是街上在流行什麼奇怪的傳說……但他該不會就是那個人吧？」

「看起來應該是呢……」

……喂，不要隨便把人當成傳說啊。

而且前面還加上「奇怪的」三個字。

真希望在謠言越傳越誇張之前，能夠快點正式發表「克努斯箭號希望」復活的消息呢。我在內心如此期望，並轉身走向公會了。

◇

「果然是瓦里烏斯先生呀！」

我一走進公會……就看到笑容滿面的櫃檯小姐。

「為什麼妳會那樣想？」

「畢竟明明被龍襲擊，街上卻完全沒有受害呀。那種事情根本是不可能發生的現象嘛。」

……原來如此。

關於那部分，我想主要是因為對手在本質上是朱雀吧。

要是那個等級的龍沒有把注意力放在我身上，而是專心於破壞城鎮，結果可能就不會是現在這樣了。

「聽！櫃檯小姐剛才叫他『瓦里烏斯先生』啊！」

「果然就是這個人！」

這時從背後傳來這樣交頭接耳的聲音。

拜託，那只是你們不願意相信自己離開這座城鎮的期間發生的事情而已啊……

雖然我有點想吐槽他們，但現在去講這種事情也很奇怪，因此我決定暫時不理會那些人了。

「然後……請問您有回收屍體嗎？」

「有是有啦。不過……就算需要能夠證明討伐的東西，我頂多也只有嘴喙跟羽毛可以拿出來賣。這樣沒關係嗎？」

對於櫃檯小姐的問題，我這麼回答。

「討伐證據只要能夠判斷為龍的一部分，不管什麼部位都沒問題的。由於龍只要一開始襲擊人或城鎮，直到把對象破壞為止都不會停止攻擊。因此只要『龍造成的破壞不再發生的狀況』以及『證明龍的存在的東西』這兩項根據湊齊，就能證明討伐了。」

「那就好。」

「不過……您真的不委託公會解體嗎？就算您想把素材留著自己用，解體工作還是交給專業人員應該會比較好喔？」

「不，這次我在討伐過程中使用了一種非常危險的藥劑……所以現在龍的體內已經爛成一團，而且考慮到解體師傅的安全，我想還是不要委託解體比較好。」

聽到我這麼說，櫃檯小姐的表情頓時僵住。

「危、危險的藥劑、嗎……」

「是的。在這次的討伐行動中成為關鍵傷害的也是那個藥劑。」

我這麼說並沒有撒謊。

雖然最後致命的一擊是靠注入神通力的露娜金屬劍……不過大部分的傷害都是來自氟蓮華堂酸沒錯。

「話說，對付龍能夠有效的藥劑……究竟是什麼玩意啊？」

「不知道。或者說……我一點都不想知道。」

……哎呀，後面那些男性就放著別管了……我還是把必須處理的手續快快辦完吧。

明。

於是我從回收的龍羽毛中拿出一半，加上嘴喙一起變賣，一方面也當作討伐的證

「那麼……這是素材費用八千六百萬佐魯，請收下。另外……這次的事情我們也會聯絡王都的總部，因此在您為了『克努斯箭號希望』的事情謁見國王的時候，應該也會一同表揚這次的功績。」

我聽櫃檯小姐如此告知，並且把錢收下後，便離開了公會。

好啦……關於現在堆放在收納魔法中沒有用途的龍的本體部分，我姑且有想到一個或許可以拿來有效利用的點子。

接下來我就動身前往實行這個點子的地方吧。

『這東西雖然每次吃都很好吃……不過完成大工作之後的一餐，果然吃起來就是格外美味。』

『一點都沒錯～』

坐著筋斗雲移動的路途中，我拿出魔獸脆片餵給高卡薩斯和巴力西卜……結果不知是心理作用還是怎樣，牠們兩隻好像吃得比平常還要津津有味。

……差不多快到啦。

我的眼角餘光看見一座紅色的湖——也就是我們每次去月球的時候當成支撐用地基的湖——而心中如此想著。

那裡就是我這次的目的地。

我認為那座湖的湖水，或許就是能夠把氟蓮華堂酸拿來有效利用的關鍵存在。

那座湖的湖水呈現強鹼性。

當然那鹼性再怎麼強也不至於到能夠一比一中和氟蓮華堂酸的程度……但畢竟湖

水的量遠比氟蓮華堂酸來得多很多，只要混合比例抓得好，應該可以調節成中性才對。

由於這座湖本來就不是生物能夠居住的環境，因此不需要擔心把鹼性中和掉會破壞生態系的問題。

或者應該說，正因為它是那樣的環境，我才會選來凍結當成地基使用嘛。

就這樣的意義上，這座湖同樣非常適合拿來利用。

『巴力西卜，我接下來打算用這座湖的湖水和氟蓮華堂酸進行中和反應……你可以幫忙檢測液體的酸鹼性嗎？』

抵達湖的上空後，我讓筋斗雲減速並拜託巴力西卜。

結果……

『小事一樁。那種事我用看的就能知道啦。』

看來對於巴力西卜來說，這個請求根本是輕而易舉的樣子。

『那就開始吧。高卡薩斯，你能幫我展開這樣的結界嗎？』

我從收納魔法中拿出紙筆道具，畫出錐形瓶和漏斗的形狀如此拜託。

結果高卡薩斯在空中變出了用巨大結界構成的錐形瓶與漏斗，於是我在錐形瓶中裝入大約一半容積的湖水。

接著將漏斗放到錐形瓶上，再把龍的屍體放在漏斗上面。

然後用最大出力把神通力注入露娜金屬製的劍，朝龍的表皮上看起來快破的部分一刺，氟蓮華堂酸便從那個破洞流了出來。

大約十秒鐘後，直接觸碰到氟蓮華堂酸的漏斗形結界感覺快要破了。於是我暫時把龍的屍體又收回收納魔法中，讓高卡薩斯再展開新的漏斗形結界。

就在我們如此反覆好幾次同樣的動作時，巴力西卜發出『停』的指示……於是我中斷了中和反應作業。

『pH值多少？』

『嗯～一．五左右。』

由於是相當粗略的中和方式，我本來就不奢望會剛好變成中性而稍微問了一下……不出所料，結果非常偏向酸性。

不過用氟蓮華堂酸進行中和反應竟能得到pH值大於一的結果，其實已經算相當好了。

接下來就追加湖水，把pH值調整到接近七吧。

這樣的微量調整作業持續了大約十分鐘。

我們終於得到了pH值為七的液體——就暫時稱作氟蓮華堂鹽好了。

我將其中一部分分裝到瓶子裡，其餘都收進收納魔法中。

接著告訴高卡薩斯『可以解除結界囉』之後……將瓶子交給巴力西卜試問道：

『這個液體可以拿來製作什麼藥物嗎？』

結果……巴力西卜『嗯～』地思考起來。

『我也不是沒想到點子啦……但是這必須認真進行理論構築，你等我一下……』

……居然真的有想到點子啊。

氟蓮華堂鹽根本是前所未有的藥物，我對於它的用途完全沒有頭緒的說……果然巴力西卜就是不一樣。

看來我來到這裡是正確的選擇。

反正今天也沒有其他事情要做，我就慢慢等巴力西卜整理思緒吧。

我如此想著，回到筋斗雲上，從收納魔法拿出學校餐食，享用稍遲的早餐。

吃完飯後，我一邊回想著討伐朱雀之前在迷宮內那段忙碌的日子，一邊在筋斗雲上躺下來。

就在我仰望著天空，享受久違的閒暇時光時……巴力西卜一句『這個有搞頭！』的興奮聲音透過精神感應傳來。

『你想到可以做什麼了嗎？』

『關於這個啊～嗯……你那根能夠伸到超～長的棒子，可以借我一下嗎？』

能夠伸到超～長的棒子……牠是在講金箍棒吧。

於是我從收納魔法中拿出金箍棒，交給巴力西卜。

結果……牠開始把氟蓮華堂鹽塗到金箍棒上。

而且大概是為了不要有濃淡差異，牠仔細塗抹得又薄又均勻。

沒過多久，把整支金箍棒都塗完之後……巴力西卜朝著金箍棒釋放出波長很奇特的魔力。

結果金箍棒開始綻放神祕的光芒。

發光現象結束後，巴力西卜又再度把氟蓮華堂鹽塗到金箍棒上。

如此這般，同樣的作業反覆了好幾次。

『完成啦。』

巴力西卜把乍看之下好像沒什麼變化的金箍棒交還給我。

『這個……有什麼變化嗎？』

『它的伸縮速度稍微提升了。』

『你所謂的「稍微」具體來講是多少？』

『哎呀，大概八倍左右吧。』

八倍……嗯？等等喔。

意思是說……這下變得能夠在一天之內往返月球了嗎？

進化到能夠一天往返月球的金箍棒，加上每次拿來當成地基的湖。

這狀況簡直就像在叫我「去一趟久違的月球吧」一樣……但老實講，我覺得那樣有點怪怪的。

之所以這麼說，是因為我現在身上完全沒有精煉過的上露娜金屬可以交給阿提米絲。

那麼我現在去月球究竟是要幹什麼？

這次能夠在毫無造成損害之下討伐朱雀，很大一部分要歸功於阿提米絲，因此我其實希望近期內找個機會去向她道謝……但既然最重要的供品沒能交納，去了也沒意義。

下次我把收納魔法裡的露娜金屬都精煉完之後再過去好了。

『高卡薩斯，巴力西卜，我們回去吧。』

我叫那兩隻坐上筋斗雲後，啟程移動。

目的地是精鋭學院的附屬迷宮……我本來是這麼想，但又改變主意，決定先繞到另一個地方看看。

反正就算說要去道謝，我也沒必要把行程排得那麼趕。

這陣子我們都過著不分晝夜、靠萬靈藥硬撐的日子，所以我希望從今天開始能夠回到像個正常人的生活作息，到了晚上就好好休息。

就算要精煉上露娜金屬，也等明天早上睡飽之後再說好了。

畢竟我好久沒見的對象可不是只有阿提米絲而已。

今晚就去見見那些人，過個愉快的晚上吧。

◇

「……應該就是這裡了。」

在梅爾克爾斯的城鎮郊外。

我來到一間招牌上寫著「奧利哈鋼美髮沙龍」的房子前降落到地面上，敲敲大門。

沒多久，大門便「喀嚓」一聲打開，一名女孩子從屋內探出頭來。

「呃，這位客人……我們今天休息喔。」

她臉上帶著傷腦筋的表情如此告訴我。

然而……我今天並不是以客人的身分來到這裡的。

說到底，我就算不來什麼美髮沙龍店也可以自己打理儀容啊。

「不，我不是客人。請幫我轉告店長說『瓦里烏斯來了』。」

「……原來是店長的朋友嗎？好的，我這就去告知……」

女孩子如此表示後，縮回屋內。

接著等待一段時間，房子的大門再次打開……「克努斯箭號希望」的隊長從裡面走出來歡迎我。

「這不是瓦里烏斯嗎！好久不見！」

「是啊，好久不見。」

「來，進到裡面吧。」

沒錯，這個人就是這間「奧利哈鋼美髮沙龍」的店長。

以前我在教她「消紋平皺」的魔法時，她拜託我說「順便也教一些其他的美容類魔法」……於是我告訴她染髮類的魔法後，她就表示想開一間美容店了。

只要有這樣的美容店存在，關於馴魔師偽裝成賢者從事活動的事情也會比較容易說明，因此這對我同樣有好處。

一方面也基於這樣的理由，我當初有稍微貸款給她一筆創業資金，讓她開展事業了。

「你來得正是時候。今天大家都在喔。」

大家都在？

我聽到隊長這句話，不禁疑惑歪頭。接著在她帶路下進入一間房間……發現「克努斯箭號希望」的成員們居然齊聚一堂。

「……這是？」

我之前聽說過「克努斯箭號希望」的成員們現在都在從事各自想做的事情，所以我還以為他們已經沒有再組成小隊進行冒險活動的說……

就在我如此感到疑惑的時候，隊長向我說明起來：

「我們現在雖然已經不再當現役冒險者積極從事活動了……不過為了萬一遇上什麼狀況時能夠再身為冒險者進行應對，大家決定偶爾要聚集起來一起去冒險，以免實力退化。而今天剛好就是那個日子。」

……所以美容店才會休息啊。

我這麼想著，並坐到椅子上。

「話是這麼說，但今天據說出現的那隻龍，到頭來還是交給瓦里烏斯一個人去討伐了。真是抱歉啦。」

普雷克斯如此發言。

他嘴上說抱歉，語氣倒是挺開朗的。

「沒關係。雖然那場戰鬥相當驚險，但反正最後贏了。萬事OK的。」

「……呃~這樣聽起來，假設當時我們去了大概也沒上場的機會吧……」

普雷克斯露出似乎明白了什麼事情的表情，把喝到一半的咖啡拿到嘴邊。

「話說回來，泰瑞恩先生那邊進行得還順利嗎？」

「關於這點啊，我有個好消息要告訴你。我教導麒麟召喚方式的馴魔師之中……有個人利用魔獸脆片成功馴服了殺手袋鼠呢。」

殺手袋鼠……哦哦，就是以前承接委託去討伐海克力斯的路上，我打倒的那個袋鼠型魔物。

這成果……感覺只是普普通通，不好也不壞吧？

我聽到時本來這麼覺得，但仔細想想這是個講師會馴服金剛猿的時代，於是我改變了想法。

殺手袋鼠跟金剛猿比起來，強度可是有天壤之別。

因此這或許確實可以說是個好消息吧。

「現在坊間可是把那位馴魔師當成英雄看待呢。」

「……那樣再怎麼說也太誇張了吧？明明還只是踏出第一步的階段而已……」

「不，凡事總有不同的思考角度。像你那種境界和一般人相差太懸殊了，很難讓人產生『我也要變成那樣！』的念頭。反而是日常周遭有個表現上稍微帥氣一點的大哥哥，會比較容易刺激人的幹勁啊。」

……雖然這理論讓我不太能夠釋懷，但既然進展順利，那也是好事。

就這樣，我與「克努斯箭號希望」的成員們開心談笑，享受了久違的愜意時光。

「話說回來……我忽然想到，既然馴服了殺手袋鼠會被人當成英雄，菲娜受到的待遇應該更高吧？」

隔天……在泰瑞恩離開「奧利哈鋼美髮沙龍」準備回去的路上。

我想說就順便去跟菲娜打個招呼，於是坐著筋斗雲跟在泰瑞恩身邊……並試著問起這件事情。

「其實也不一定。首先，來我這裡學習的馴魔師們並沒有看過菲娜馴服從魔的樣子。再說……馴服了殺手袋鼠的那位男性總是和從魔一起去狩獵，但相對地，菲娜基本上都把狩獵完全交給海克力斯啊……」

「原來如此……」

我把自己不經意想到的疑惑提出來……結果得到這樣的回答。

聽他這麼講好像也有道理。

後來我也沒再想到其他什麼問題……而且我們本來就已經走了相當一段距離，來到泰瑞恩平常當成活動據點的場所。

「這裡就是我平常向馴魔師們進行傳教活動的地方。雖然魔法練習是在戶外進行……不過這屋內也有廚房之類的設備，可以製作魔獸脆片。這裡的鑰匙除了我之外只有菲娜持有……既然現在廚房在使用，我想菲娜應該在裡面吧。」

泰瑞恩說著，帶我進入這間煙囪正在冒煙的房子中。

「好久不見。」

「啊，是瓦里烏斯呢。呀齁～」

走進屋內一看……菲娜正在把增味劑撒到魔獸脆片上。

「妳調味得還真是一點都不猶豫……總覺得那樣味道好像會有點重，是海克力斯的喜好嗎？」

「嗯！牠說這樣的量剛剛好。」

我一邊交談一邊坐到沙發上，等待菲娜完成手上的作業。

然後，我試著問她在這裡的感覺。

「這裡感覺如何？」

「很不錯喔！雖然剛開始就算泰瑞恩先生再怎麼說明，還是會有人不太能理解，但只要看到我示範，大家眼神都會變呢～到現在就非常順利囉！」

「這樣啊。那就好。」

「其中有個人馴服了殺手袋鼠……他是所有人裡面最勤奮的，所以我很高興他能夠遇上那麼強的從魔喔～」

「原來是這樣。」

關於有人馴服了殺手袋鼠的事情，泰瑞恩也有跟我講過……但原來菲娜連那個人是最勤奮的事情都能感受到啊。

透過這樣的交談……我多多少少感覺得出泰瑞恩和菲娜之間，應該建立起了相當良好的合作關係。

後來，就在我們繼續閒聊著其他話題的時候……

從大門的方向忽然傳來「喀嚓」的開門聲……我很熟悉的雙人組，不知道為什麼出現在這個地方了。

「咦？姊姊！妳怎麼來了？」

那兩個人正是艾莉亞小姐和梅希亞小姐。

「累死我啦～」

「對不起喔，菲娜。我們今天接的委託工作剛好就在這附近，所以想說來這裡休息一下……呃，瓦里烏斯先生！」

「嗯……啊，真的耶！」

她們兩人之中……首先是艾莉亞小姐注意到我的存在，接著梅希亞小姐也發現了我。

「『為什麼你會在這裡？』」

「我只是想說好久沒來了，所以偶然就在今天來到這裡啦。」

從那兩人剛才進來時的樣子看起來……她們今天大概是接了冒險者的委託工作，順便到這裡來的。

正當我想著這些事情的時候……泰瑞恩不知不覺間也幫那兩人準備了杯子，於是我想說就和大家一起喝點什麼。

累的時候應該喝「那個」最好吧。

「……總之，大家來喝個茶吧。」

我這麼說著，把液體均等倒入大家的杯子中。

雖然這樣好像是我明明要倒茶卻不小心倒成萬靈藥的感覺，不過哎呀，就別在意了。

反正我身上多的是。

「來，請喝。」

我如此說道後……大家或許是口很渴的緣故，把杯子裡的液體一飲而盡。

「呼啊～真暢快！瓦里烏斯的茶好厲害！喝完之後簡直像剛出發前一樣了！」

首先是梅希亞小姐……非常滿足地如此說著，放下杯子。

「的確是很厲害……可是這喝起來好像不是茶的味道？」

相對地，艾莉亞小姐則是雖然滿足卻同時感到有點在意的樣子。

「你這個茶是在哪裡摘的？如果不介意，可不可以告訴——」

梅希亞小姐接著想要問我茶的產地……但說到一半卻被打斷。

——因為泰瑞恩用顫抖的手把杯子放下，結果發出了很大的聲響。

「這、這、這個味道是……」

他嗓音有點尖銳地如此說著，讓大家都把視線集中到他身上。

然後……泰瑞恩接下來的發言，讓在場除了我以外的人大受衝擊。

「這、這是萬靈藥啊！不會錯！話說我一口氣就把它喝光了……這該不會是犯下了什麼不可挽回的錯誤吧？」

「「「萬靈藥！」」」

接在泰瑞恩的呢喃聲之後，除了我以外的三個人都瞪大眼睛如此大叫。

……啊～我本來是想說要稍微慰勞一下大家的，但這下該不會反而讓他們覺得「自己不小心把貴重的藥物喝掉了」吧……

「大家不用擔心。這個萬靈藥，我可以在王都迷宮的第二九六層量產喔。」

我如此補充說明，想說要讓大家放心。

但是……

「萬靈藥……量產？」

「瓦里烏斯先生，雖然我從以前就覺得你很誇張了，但這次簡直誇張到極限呀。」

「話說，你好像若無其事就說了第二九六層……能夠在自盡島上過得怡然自得的人物，果然標準就是和別人不一樣啊……」

……怎麼大家的反應好像變得更糟糕了。為什麼啦？

第40話◆這一天終於到來

與「克努斯箭號希望」的成員們久違重逢後，剛好過了一個禮拜的早上。

我透過千里眼眺望王都冒險者公會的布告欄……看到上面貼出了這樣一項委託。

阿撒托斯討伐

等級：A

委託內容：討伐一隻阿撒托斯。報酬為100佐魯。

「……這天終於來啦。」

看到那份委託後……我決定今天要前往王都了。

◇

時間往前回溯兩個月。

其實在我完成商人勞斯的護衛委託而向王都的公會進行報告的時候，我順便向公會提出了這樣一項委託：

「如果有收到國王要給我的什麼書信文件，就請在布告欄上張貼一份報酬金額為一百佐魯的阿撒托斯討伐委託。」

據梅爾克爾斯冒險者公會的會長說，我似乎會被安排謁見國王的樣子……但仔細想想，國王幾乎不可能知道我人在哪裡。

畢竟我基本上都住在筋斗雲上，也就是說沒有一處特定的住處。

因此如果沒有準備什麼對策，國王的書信沒能寄到我手上的風險就太高了。

而我針對這問題想到的解決方式，就是利用王都的冒險者公會。

據說當國王要向冒險者下達什麼指示的時候，那份書信必定會經由王都的冒險者公會轉寄到冒險者手上。

既然如此，我想說反過來利用王都的冒險者公會當成通知手段就好了。

只要告訴公會「當這份委託張貼出來，我就會到王都冒險者公會來收信」，畢竟我有千里眼，所以即使離開王都，也照樣能夠每天確認是否有聯絡。

如此一來，國王方面沒辦法聯絡上我的問題就完美獲得解決了。

而我之所以把委託內容設定得那樣胡鬧也是有其理由，那就是「其他人不可能提出同樣的委託」。

在這個世界，通常並不認為阿撒托斯是能夠討伐的魔物，而且也不會有人用一百佐魯這樣廉價的酬勞向A級冒險者提出委託。

正因為如此，這項委託才能發揮暗號的功用。

雖然說只要我有那個意思，其實大可不必透過這樣的手段，只要用千里眼觀察王宮或公會的辦公室就能追蹤書信的下落……然而這種有如侵害機密的行為還是少做為妙。

因此我才會像這樣在中間多插入一個步驟。

或許一方面也由於我抓到指定通緝犯A－147X的緣故，公會方面對於國王可能會聯絡我的事情一點都不存疑，二話不說就答應了我這項委託。

從那天以來，我就完全沒有必要頻繁前往公會查看通知了。

◇

這一個禮拜來，我都在精銳學院附屬迷宮用自己的步調精煉上露娜金屬，和討伐朱雀以前相比起來，過著較悠閒的日子……不過那樣的生活也要暫時中斷了。

『高卡薩斯，巴力西卜，坐到筋斗雲上來吧。』

我叫那兩隻坐上筋斗雲後，便啟程前往王都了。

◇

過了中午……我們總算來到王都近處。

「啊，對了。」

仔細想想，我們上次一直在一次性重生區域進行爆破作戰，到最後都忘記要討伐王都附近那座迷宮的頭目了。

既然都來到這裡，等在王都要辦的事情都辦完後，我們就去討伐一下吧。

這樣一來，我就能湊齊六種覺醒進化素材了。

雖然說如果考慮到阿撒托斯的事情，我是希望【動力】的素材可以另外回收啦。

我這麼想著，並提升筋斗雲的速度，朝冒險者公會飛去。

接著空間轉移到櫃檯前的隊伍最後面，等待了將近十分鐘。

「我是瓦里烏斯。**那件委託**已經可以拿下來了。」

我說著，把公會證交給櫃檯小姐。

「您……您來得真快呢……」

「我一看到那件委託就馬上過來啦。」

「那麼……您說自己『不管何時在何處都能確認委託布告欄』那句話，原來是真的呀。老實講，我本來還半信半疑的……」

……哎呀，我想也是。

畢竟誰也不曉得有千里眼這種招式嘛。

即便如此，公會還是願意信任我，幫我貼出那份委託，實在感激不盡。

「那請您等一下喔。」

櫃檯小姐說著，走進深處的房間，拿著信件回來了。

「這就是要交給您的信。」

「好的。謝謝妳。」

我收下信件後，離開公會轉移到筋斗雲上，再打開信一看。

「謁見日是後天啊……」

大概是由於我會用這種收信方式的事情也有傳到國王耳中，這日程安排得倒是挺近的。

不過反正我確實能夠從容趕上這個日子，所以沒什麼問題就是了。

「呃～我記得後半學期是從第六章開始吧……」

如果現在再回去精銳學院附屬迷宮，然後只精煉個一天又趕回來，也未免太沒效率……於是我決定留在王都預習後半學期的課程範圍，等待謁見當天到來了。

◇

兩天後。

我在侍從帶路下，來到謁見廳前。

「我將瓦里烏斯大人帶來了。」

完成帶路的侍從向謁見廳的護衛如此告知後，便轉身離去。

「您就是瓦里烏斯大人嗎？」

「是的。」

接著換成那名護衛向我詢問身分，於是我亮出學生手冊給對方確認是我本人並如此回答。

「謝謝您。那麼……請恕我失禮，要進入謁見廳之前必須先把武器寄放在這裡，可以請您配合嗎？」

「好，當然。」

……既然要跟國王見面，果然少不了這個程序啊。

但我究竟要把什麼程度的東西當作是武器提交才好呢？

舉例來講，如果面對沒有戰鬥能力的人，我光是把阿撒托斯的屍體扔過去就充分可以當成一種凶器……但是把那種玩意交出來，再怎麼說對方也會傷腦筋吧。

我稍作思索後，把自己持有的物品中，姑且可以稱作是武器的金箍棒與露娜金屬製的劍拿出來，交給對方。

「……棒子跟、露娜金屬製的劍？不好意思，請問您的武器真的只有這樣嗎……？」

護衛從我手中接過金箍棒與露娜金屬製的劍後，露出感到奇怪的表情如此詢問。

……我就知道會造成這樣的疑惑。

畢竟世間一般都認為露娜金屬製的劍「只是裝飾品」而已，金箍棒更是沒有人知道它的存在。

光是把這種東西提交出來，就算被對方懷疑「其實是提交假的武器，企圖把真的武器私帶到裡面去」，也是沒辦法的事情吧。

話雖如此……但我隨身攜帶的武器真的就只有這些啊。

我的「主戰力」應該是高卡薩斯和巴力西卜，因此要說我不只有這些武器也確實沒錯……但牠們兩隻都坐著筋斗雲在上空待命，跟現在的狀況沒有關係。

看來我只能想辦法，讓對方相信我真的是把這些東西當成武器使用了吧。

「是的，這個真的可以當成武器使用。」

我說著，請對方暫時把金箍棒交還給我。

雖然真要講我當成武器的使用頻率，應該是露娜金屬製的劍壓倒性地高……但如果要展示它的性能，就必須拿出什麼東西試砍才行。

相對地，金箍棒只要伸縮一下給對方看，就能在某種程度上證明它的威力。

因此要說淺顯易懂的話，還是拿金箍棒表演比較好。

「就像這樣。」

我將金箍綁的前端舉向空中……在心中默念指示，讓它以大約亞音速的速度伸長到五公尺左右。

畢竟要是造成衝擊波把王宮裡的東西弄壞也很不妙，因此我沒有讓它用音速以上的速度伸縮……不過光是這樣，應該就能讓對方理解這東西可以當成武器使用了吧。

「請問如何呢？」

我說著，轉回頭看向護衛……結果發現對方張大嘴巴全身僵住了。

「啥……啊……欸……？」

護衛用目瞪口呆的表情來回看向我和金箍棒。

「呃……請問這樣，你可以明白我真的是把這東西當成武器使用了嗎？」

「……啊、是、是的。該怎麼說……是我自己太膚淺了，沒有考慮到會被叫來這裡的冒險者不可能會使用普普通通的戰鬥方式……」

好一段時間沒有反應的護衛……忽然回過神來如此表示，並對我深深鞠躬。

其實也不用拘謹恭敬到那種程度啊。我這麼想著，把金箍棒重新交給護衛。

接著……

「那麼就請您入內吧。國王大人在裡面等候了。」

護衛如此說道，把門打開。

「歡迎你來。」

坐在王座上的……是一名看起來年約二十五到三十出頭的年輕男性。

……這個人就是國王啊。

正當我抱著這樣的感想時，國王接著說道：

「瓦里烏斯，當朕聽到關於你的報告時……朕也被搞得相當混亂啊。提交藍鳳凰的素材，從自盡島救出『克努斯箭號希望』的成員，再加上討伐了不知從何處現身的龍……你究竟是如何辦到這些事情的？」

不知道是不是我的錯覺，總覺得國王在問我這些事情的時候，好像眼神閃閃發亮的樣子。

……現在該不會就是提出那件事情的好機會？

「感謝您的詢問。關於這點……其實我並不是賢者，而是一名馴魔師。」

只要能夠在這裡讓國王公認這件事情，一切就會變得方便多了。

因此我非常在意國王的反應……

國王稍微沉默了一下後，開口說道：

「聽你這麼一說……你的頭髮確實看起來像金髮下面長出了黑髮的樣子。這種髮色，朕可從沒見過。」

……這麼說來，距離上次染髮已經有相當一段時間了。

因此我現在的頭髮看起來就像挑染過一樣，黑色與金色互相混雜。

這次反而多虧這點，讓我的發言更有可信度了。

或許該說是歪打正著吧。

「然而，朕覺得你是馴魔師的事，和你的這些成果之間好像沒有什麼關聯性……是不是能夠讓朕看看你的從魔？如果可以，現在就帶來這裡。如果不方便，要改天也行……」

正當我慶幸著自己沒有重新染髮的時候，國王又接著這麼表示。

的確，只要實際讓國王看看高卡薩斯與巴力西卜，他也較能確信吧。

而且牠們兩隻就在這裡的上空待命，一次空間轉移就能把牠們帶到這裡來了。

雖然說……我有點想吐槽的是，把從魔帶到連武器都不准帶進來的場所，真的沒關係嗎？

「要我現在叫過來給您看是沒問題……但是這房間明明應該禁止攜帶武器進入，卻讓從魔進來沒關係嗎？」

我保險起見問了一聲。

「無妨。說到底，其實要你寄放武器也只是形式上的程序罷了。今天既然把你這樣超乎規格的人物叫來，不管什麼護衛行為本來就都沒有意義啊。」

結果國王用一臉開朗的表情這麼回答我。

……想得那麼輕鬆真的可以嗎？

哎呀，反正在這個國家地位最高的人都這麼說了，應該不會有任何問題。

那我就把牠們叫來吧。

『高卡薩斯，巴力西卜，國王說想要見見你們，所以我用空間轉移把你們叫過來囉。』

『好。』

『了解～』

徵得牠們兩隻的同意後……我便用神通力把牠們轉移到謁見廳來。

「讓我為您介紹，這是高卡薩斯……」

然後就在我如此說到一半的時候……國王忽然從王座上彈起身子。

「這……這是從哪裡出現的！」

他目瞪口呆地來回看向我、高卡薩斯與巴力西卜。

「呃～我是用一種特殊的方式把牠們叫來的……雖然這說明起來有點難就是了。」

「……這、這樣啊。抱歉，朕太激動了。那方法肯定是朕就算聽了說明也無法理解的東西，你就繼續講下去吧。」

我本來以為使用了空間轉移似乎是不太妙的決定……但對方似乎沒打算要求我說明的樣子。

還好還好，沒事。

那麼就言歸正傳，重新開始介紹吧。

「這是高卡薩斯，是我的從魔。然後這是巴力西卜，牠雖然並非我的直屬從魔，但由於是高卡薩斯的搭檔，所以基本上都跟我們一起行動。」

結果……國王的表情突然變得充滿興趣的樣子。

「高卡薩斯和巴力西卜……朕可沒聽過居然有馴魔師馴服了那麼強大的魔物

啊……」

雖然國王表現得很驚訝……但其實這離核心重點還遠得很。

「牠們兩隻都有透過特殊的方法進一步強化過，因此擁有非一般個體能夠比擬的力量。」

「哦？大概強到什麼程度？」

「我想想……只要有牠們兩隻，甚至連附近那座迷宮的頭目都能秒殺了。」

……老實講，這種程度的說明實在稱不上是把牠們兩隻的實力完全描述出來……但畢竟沒有其他更好懂的指標，我也沒辦法。

「什……你說討伐迷宮頭目？不過確實，既然強到那樣的程度，能夠把『克努斯箭號希望』救回來的事情也就讓人可以理解了……」

然而……看來對於國王來說，光是這樣的說明就已經達到充分的衝擊性了。

總之，這次謁見最起碼讓這國家中最有影響力的人，明白了馴魔師的優秀程度，可以說收穫良多了吧。

正當我如此沉浸於這樣的滿足感時……國王忽然提起另一件事：

「朕換個話題……基於你至今立下的功勞，除了可以將你認定為史上第一位Ｓ級冒險者之外，也能讓你獲得你所希望的報酬做為獎賞。關於這點……你有什麼想要的東西？」

……想要的東西、嗎？

被如此詢問的我，認為在這件事情上必須仔細考慮才行。

畢竟就算給我什麼土地或貴族爵位之類的，老實講我也會傷腦筋。

我並不想要像權力之類可能成為拘束，限制我自由的東西。

雖然如果想提升馴魔師的社會地位，政治力量在某些場面確實會變得非常重要……但現在的我已經有卡梅爾大人以及「克努斯箭號希望」這些甚至堪稱過剩的強大後盾。

而且透過今天的對談，國王也對馴魔師的真正價值展現了理解。

要是我在這裡又獲賜什麼貴族爵位，搞不好反而只會增加麻煩事。

然而……國王所賜予的報酬首先會被提出來的，毫無疑問就是像土地或貴族爵位之類的東西。

如果想要用除此之外的酬勞帶過，或許必須試著提出有點離譜的要求。

所以說……讓我想想……

我就試試看「以退為進法」，首先提出一個不管怎麼想都不可能被接受的要求吧。

「那麼……請您賜予我治外法權。」

治外法權。

只要擁有這項權利，就能讓這個國家的任何法律都會變得對我完全無效。

當然，這種要求不可能會被——

「那就是你的期望嗎？好。」

——咦？

這個人，是不是說了「好」？

……真的假的？

治外法權，居然被接受了。

「你想要的東西就這樣嗎？」

「呃、是。畢竟我只是抱著姑且一試的想法講講看而已，萬萬沒想到真的可以獲得治外法權。因此我如果再要求更多，搞不好會遭天譴的。」

然而反過來想想，既然這麼誇張的要求已經被接受，我就比較容易用「要是再得到更多未免教人惶恐」的主張，辭退國王賞賜的土地或貴族爵位。

我如此判斷，而向對方表示自己不再要求更多了。

「這樣啊。畢竟你可是留下了前所未有的功績，其實不需要那麼客氣的……對了，這麼說來，蒂艾家有提出一門親事，希望你『務必與小女成婚』……」

「啊，那個請容我辭退。與其獲得那樣的機會，得到精銳學院的學分我還比較高興。」

哇喔。

剛剛還想說就算得到了應該也沒機會使用的治外法權，居然立刻就派上用場啦。

說到蒂艾家，我認識的人有升等測驗時的那位測驗官，還有……嗯。

那個人再怎麼說應該也會拒絕這種事情，所以我猜對象大概是她的姊姊或妹妹吧……但光是必須成為那傢伙的親族，在各種意義上就已經讓我不太能接受了。

如果只是那位測驗官，或許還能意氣相投地說。

話說，我如果把前世也算進去，或許是該成家的年紀了沒錯，但實際上我才十二歲啊。

「嗯，朕也猜到你應該會拒絕了。如果朕也有像你那樣壓倒性的力量，那時候就……！」

……呃，您忽然跟我講起那麼嚴肅的事情，我也不曉得該怎麼回應才好啊。

正當我不禁感到有點困惑的時候，國王露出頓時回神的表情，繼續說道：

「抱歉，這種事讓你聽了也莫名其妙吧。呃~你剛才說精銳學院的學分是嗎？好，朕就去幫你交涉一下，讓你可以減免幾個學分。」

居然真的可以獲得學分啊……

第二學期有個科目是不出席上課就無法及格，所以如果能夠減免掉那個科目，對我來說確實是無比幸運的事情。

總覺得國王給我的優待好像有點無微不至過了頭……不過哎呀，畢竟一開始就給了我治外法權，要說過頭早就已經過頭啦。

正當我想著這些事情的時候，國王又接著補充：

「不過……你不去學校沒關係，但下個月的戰技大會上，你可要以精銳學院代表的身分出席。畢竟到時候要借那個場合，一併發表『克努斯箭號希望』復活的消息以及你的功績。」

……真的假的？

所謂的戰技大會，我記得是精銳學院和王國騎士團之間較勁武術的大會吧。

我覺得那應該很無聊，本來不打算參加的說……沒想到居然會以這樣的形式被迫出場。

……真沒轍。既然這樣我就稍微正向思考，在大會之前把頭髮恢復成黑色，當作是宣傳馴魔師實力的機會吧。

和國王的會面結束後，我就立刻回到旅館休息了。

與其說是因為跟大人物講話累了……反而應該說是因為獲得治外法權這樣的意外發展，讓我變得有點精神恍惚的緣故。

就這樣過了一個晚上後，我決定出發前往上次那座迷宮。

這是為了完成之前因為被各種事情耽擱而一直往後延的頭目回收工作。

最後的覺醒進化素材之所以延到這個時間點才前往回收，其實是有理由的。

雖然我本來就打算到王都來與國王會面的時候，順便把這件事處理掉……但我在會面之前心情上比較浮動，實在不是能夠專心戰鬥的狀態。

畢竟再怎麼說，我包含前世在內可是第一次和國王等級的大人物見面啊。

即便迷宮頭目和朱雀比起來相形見絀了好幾個等級，但依然不是什麼弱小的魔物。因此我還是希望能在沒有其他任何事情需要在意的狀態下再前往討伐。

靠一次空間轉移一口氣來到最深層的第三百層後……我立刻打開通往迷宮頭目房

間的門。

結果……一隻體型壯碩的猿猴型魔物把頭轉過來，狠狠瞪向我們。

那就是這座迷宮的頭目……側翻獸．隆達托。

事前已經靠千里眼確認過魔物種類的我騎在高卡薩斯身上，擺出我和高卡薩斯擔任前鋒，巴力西卜擔任後衛的隊形。

戰鬥一開始，隆達托首先靠一次的側翻動作逼近我和高卡薩斯……把我們傳送到亞空間。

這就是這隻魔物被叫作「側翻獸」的由來。

隆達托擁有靠一次的側翻動作，將敵人小隊的前鋒關進亞空間一段時間的能力。

這項能力對付起來相當棘手，當小隊的前鋒被關到亞空間，就必須只靠後衛與這隻魔物交手了。

然後等到前鋒從亞空間回來的時候，小隊的後衛已經全滅，這次換成前鋒必須在沒有後衛支援的狀態下與隆達托戰鬥。

面對迷宮頭目等級的魔物，卻必須在小隊協力完全被打亂的狀態下戰鬥。這就是討伐隆達托時的困難之處。

雖然必須和那樣的魔物交手……但我們的狀況就要另當別論了。

畢竟我和高卡薩斯根本沒有必要傻傻待在亞空間……只要靠空間轉移就能回到迷

宮頭目房間。

換言之，敵人最強的特殊能力等於是被封印了。

而我們靠空間轉移一回到原本的場所……隆達托就明顯用焦躁的眼神瞪向我們。

牠毫不記取教訓地，又靠側翻動作把我們送到亞空間。

但是……每次我都靠空間轉移立刻回到頭目房間。

如果像這樣一次又一次反覆下去，到最後會贏的將是我們。

畢竟隆達托的魔力有其極限，但相對地，我的神通力假設把萬靈藥也算進去，可說是無窮無盡。

然而反覆了幾次後，隆達托大概也決定放棄……不再靠側翻把我們送到亞空間了。

取而代之地，牠憑藉與生俱來的跳躍能力，在地面、牆壁與天花板上接連跳躍……有如在狹小的房間中全力擲出的超級彈力球一樣到處彈跳。

「……真危險。」

我用最小限度的後仰動作，躲開朝我飛來的隆達托……同時不禁如此呢喃。

隆達托手腳上的爪子可是鋒利到能夠把亞德曼金屬的鑄塊切成一半的程度。

在這樣萬一被擊中重要部位就會當場喪命的猛烈攻勢持續之中……我始終冷靜地對巴力西卜說道：

『巴力西卜，照作戰計畫行事。』

『我等好久啦啊啊啊！』

巴力西卜如此回應後……對整個第三百層釋放出毒氣。

……那是對人類、甲蟲和昆蟲都無效，唯獨對猿猴有效的神經毒氣。

吸入神經毒氣，當場手腳僵硬的隆達托……發出這樣困惑的叫聲。

「嗚嘰！」

但牠不愧是第三百層迷宮的迷宮頭目，立刻對自己使用解毒魔法，短短零點幾秒內就讓手腳恢復控制。

然而……就是那短短零點幾秒，大幅決定了這場戰鬥的勝負。

就在那手腳僵硬的一瞬間，隆達托的雙手爪子深深刺進迷宮的牆壁……讓牠變得難以動彈了。

『高卡薩斯，就是現在！』

我立刻做出指示，叫高卡薩斯補上最後一擊。

『了解。』

高卡薩斯以最大出力釋放出一團暗黑魔力球……砸在如今已化為固定式標靶的敵人身上。

接著靜待幾秒鐘。

等暗黑魔球消失後，就只剩下已經喪命的隆達托垂掛在牆上了。

「麒麟啊，現身我眼前……進行一場互惠互利的交易吧。」

『汝所求之物，是覺醒進化素材，還是增味劑？』

『是覺醒進化素材。你把那個拿去吧。』

『那隻猿猴是嗎？』

就這樣，我拜託麒麟完成交換流程後……留在我手中的，確實就是【結構】的覺醒進化素材。

……這下六種覺醒進化素材暫時算是湊齊了。

也就是說，我如果收服新的從魔，就能夠立刻讓牠進行覺醒進化的意思。

如此這般……各種事情總算全都告一段落，我差不多開始來認真尋找下一隻從魔候補吧。

哎呀，雖然說素材是湊齊了沒錯，但那終究是把阿撒托斯也算進去的意思。如果在決定下一隻從魔之前有機會讓我遇上【動力】的覺醒進化素材，當然就是把那邊拿來用是最好的啦。

『高卡薩斯，巴力西卜，辛苦你們啦。來吃魔獸脆片吧。』

『哦哦，我就期待這一刻。』

『耶耶耶～！』

GET!
GET!
GET!
GET!
GET!

後記

好久不見，我是可換環。

請問各位這段日子過得如何呢？

我一方面也由於大學下半學期的課程全部決定採用線上教學的緣故，繼續留在老家過著每一天。

然後我最近在無印良品買了貼合身體的沙發（一般俗稱「懶骨頭沙發」的那個），平常都坐在上面聽課或是執筆小說。

我是不清楚為什麼它會被稱作「懶骨頭沙發」啦……我個人實際坐起來的感覺是腰部會比坐一般的椅子來得輕鬆，反而可以讓我更專心呢。

說到專心……我是個喜歡調味海苔到能夠一直吃下去的人，而自從進入暑假之後，我嘗試訂了一條「執筆一千字可以吃五片調味海苔」的自我規則。

結果無關乎幹勁起伏，我變得不管怎麼樣的日子都能夠撰寫一定分量的稿了。

各位想必每天也有各種事情必須要做，而像這樣的方法可以讓做事效率有非常明顯的改變喔。推薦給大家……！

（雖然相對地海苔消費量暴增就是了。）

……那麼，前言就寫到這邊吧。筆者寫完後記之後發現內容不夠，所以前言才變得這麼冗長了（笑）。

接下來寫的就是宣傳告知以及幕後祕辛等等，與這部作品相關的內容囉！

首先，我想各位或許已經知道了……從二〇二〇年十月二十三日起，在COMIC GARDO網站開始連載本作品的改編漫畫囉！

擔任作畫的是にわリズム老師。

內容畫得超級有魄力，閱讀起來非常爽快。還沒讀過的人請務必現在馬上去看看吧！

にわリズム老師以及漫畫編輯部的各位，實在感激不盡……！

然後……從這裡開始，我想說說第二集的內容。

這次我要提的是關於菲娜。

從網路版就有在閱讀本作的讀者應該可以發現……菲娜的戲分增加了非常多。

在第一集最後的插圖首次登場的這位小女孩……其實在創作背後有許多複雜的內情。

包含這部分在內，且讓筆者娓娓道來。

首先在製作第一集的時候……當初預定要進行設計的角色只有瓦里烏斯、阿提米絲、高卡薩斯、巴力西卜和麒麟而已，菲娜並沒有包括在其中。

但一方面也由於考量到放入插圖的位置……在カット老師的好意下，也幫菲娜進行了角色設計。

然後就在第一份插圖草稿來到我手上……一個想法便閃過我的腦海。

「啊，這女孩超可愛的。」這樣。

也因為如此……第一集的個別店家附贈短篇中有一篇就是寫關於她的故事，而且我也開始考慮想要在第二集以後讓她有更多出場機會。

就在這樣的時候……責任編輯Ｎ大人來找我討論關於第二集的方針了。

然後在那個方針中，便決定了要增加菲娜的出場戲分。

這個決定的其中一項理由是「透過讓菲娜學習瓦里烏斯所擁有的馴魔師知識並且活躍表現，是否就能像書名標題所寫的，使得被稱為『底層職業』的馴魔師提升整體的地位呢？」……總之就像這樣，開始了改稿的作業。

於是菲娜的戲分順利增加……不但出現在插圖與卷首彩圖，甚至決定在封面上也登場了。

看著自己喜歡的角色獲得重要的地位，實在是「可喜可賀、可喜可賀」的感覺，嗯。

真希望今後也能讓她有更多的戲分呢（笑）。

對了，她在封底也有登場喔……還沒看到封底的人請去看看吧！

最後，僅讓我在此向各位表達謝意。

在本作品以書籍的形式出版的所有過程中都在背後默默支持的責任編輯N大人。

為本書提供出色的封面與插圖的カット老師。

從其他部分參與了本書製作的所有同仁，以及各位讀者。

託大家的福，讓本書順利出版了。真的非常感謝各位。

敬請期待下一集以及漫畫版的出版！

關於我靠前世所學讓
底層職業的馴魔師大翻身這檔事
The Useless Tamer
Will Turn into the Top Unconsciously
by My Previous Life Knowledge.

浮文字

關於我靠前世所學讓底層職業的馴魔師大翻身這檔事2

（原名：俺の前世の知識で底辺職テイマーが上級職になってしまいそうな件2）

著者／可換 環
繪者／カット
譯者／陳梵帆
執行長／陳君平
美術總監／沙雲佩
國際版權／黃令歡、梁名儀
榮譽發行人／黃鎮隆
美術編輯／徐祺鈞
文字校對／施亞蒨
協理／洪琇菁
執行編輯／曾鈺淳
內文排版／謝青秀
總編輯／呂尚燁
企劃宣傳／楊玉如、施語宸、洪國瑋

出版／城邦文化事業股份有限公司 尖端出版
台北市中山區民生東路二段一四一號十樓
電話：（〇二）二五〇〇—七六〇〇
傳真：（〇二）二五〇〇—二六八三
E-mail: 7novels@mail2.spp.com.tw

發行／英屬蓋曼群島商家庭傳媒股份有限公司城邦分公司 尖端出版
台北市中山區民生東路二段一四一號十樓
電話：（〇二）二五〇〇—七六〇〇（代表號）
傳真：（〇二）二五〇〇—一九七九

中彰投以北經銷／楨彥有限公司（含宜花東）
電話：（〇二）八九一九—三三六九
傳真：（〇二）八九一四—五五二四

雲嘉以南／智豐圖書有限公司
（嘉義公司）電話：（〇五）二三三—三八五二
傳真：（〇五）二三三—三八六三
（高雄公司）電話：（〇七）三七三—〇〇七九
傳真：（〇七）三七三—〇〇八七

香港經銷／一代匯集
香港九龍旺角塘尾道六十四號龍駒企業大廈十樓 B&D室
電話：（八五二）二七八三—八一〇二
傳真：（八五二）二五八二—一五二九

新馬經銷／城邦（馬新）出版集團 Cite（M）Sdn. Bhd.
E-mail: cite@cite.com.my

法律顧問／王子文律師　元禾法律事務所
台北市羅斯福路三段三十七號十五樓

二〇二二年四月一版一刷

■中文版■

郵購注意事項：
1.填妥劃撥單資料：帳號：50003021戶名：英屬蓋曼群島商家庭傳媒(股)公司城邦分公司。2.通信欄內註明訂購書名與冊數。3.劃撥金額低於500元，請加附掛號郵資50元。如劃撥日起 10～14日，仍未收到書時，請洽劃撥組。劃撥專線TEL：(03)312-4212 ・ FAX：(03)322-4621。E-mail：marketing@spp.com.tw

國家圖書館出版品預行編目資料

關於我靠前世所學讓底層職業的馴魔師大翻身這檔事 / 可換環作；陳梵帆譯. -- 1 版. -- 臺北市：城邦文化事業股份有限公司尖端出版：英屬蓋曼群島商家庭傳媒股份有限公司城邦分公司發行, 2022.04-

冊；　公分

譯自：**俺の前世の知識で底辺職テイマーが上級職になってしまいそうな**

ISBN 978-626-316-710-0(第 2 冊：平裝)

861.57　　　　110018896